JE VAIS BIEN

Régis Franc

JE VAIS BIEN

Les Presses de la Cité

Ouvrage publié sous la direction d'Élisabeth Samama.

Les Presses de la Cité, un département Place des Éditeurs
92, avenue de France 75013 Paris

ISBN 978-2-258-19995-8
Dépôt légal : août 2023

C'est arrivé d'un seul coup. Comme une apparition. Il se peut que, sidéré, je me sois exclamé à voix haute : « Oh mon Dieu… » J'eus l'impression de traverser le miroir. Oui, il était là, dans le reflet de l'imposante vitrine du magasin vers lequel je me hâtais comme tous, au passage piéton, dans la foule de Brompton Road. Il venait, j'allais vers lui. Un léger effroi m'a saisi. « Eh bien, nous y sommes », ai-je murmuré. Car ce mirage dans la vitrine, cet homme engoncé dans mon pardessus, mon cher vieux manteau usé de Muji, fabricant japonais, n'était plus moi. Ou l'idée que j'avais de moi, je veux dire ce type qui habitait mon corps et que, vaille que vaille, toujours un peu agacé, je m'étais, avec le temps, habitué à côtoyer. Désormais je marcherais, je le voyais bien, de ce pas chaloupé. Mains calées au fond des poches. Regardant sans rien voir, confit dans une sorte de méditation hasardeuse puisque ainsi il chemina tout au long de sa vie. À mon tour, j'irais de ce pas. Un pas dansant. Même taille, même tête, j'étais devenu lui. Lui, « Bataillé »… Je n'ai pas trouvé là une nouvelle qui puisse me réjouir. Jamais, oh je le jure, je n'ai voulu ressembler à mon père. Si bien que, face au miroir, pris dans le flux des *Londoners*, je me suis rappelé ce commentaire trouvé je ne sais où à propos de tribus primitives, de leurs rituels. Pourquoi enterraient-elles leurs morts sous un tas de pierres ? La réponse m'avait fait sourire : Pour qu'ils ne se relèvent pas. Mort en paix, et depuis enfoui sous la terre, mon père relevé était là, il habiterait désormais mon manteau. Bon. Il me faudrait faire avec…

Tout alla de travers durant le mois de décembre. Depuis l'automne son corps avait commencé à l'abandonner et si sa tête, sa volonté restaient intactes, ses jambes maintenant refusaient de le porter. Il était épuisé. Il tombait. Il avait honte, il se sentait humilié. La dignité lui commandait de rester debout. Un genou à terre, il s'excusait, grommelait que ça n'était rien, interdisait qu'on l'aide, se redressait tant bien que mal. Exigeant d'une voix qui ne supportait pas de réplique qu'on lui foute la paix. « Il n'y a rien à voir », disait-il, tamponnant son visage en sang avec un torchon trouvé là, et son médecin accouru me rapportait qu'il était furieux.

À son arrivée au « chenil » – il appela ainsi la maison de retraite où il avait choisi de terminer sa longue course –, il ne s'émut pas. Sans se retourner, il venait de quitter sa chère maison, sa vie d'avant, toute sa vie, emportant dans un sac plastique à 20 centimes, spécialité de Carrefour, un de ces pauvres pyjamas rayés dont les vieillards ont si souvent le goût. Il avait ajouté quelques chemises repassées.

« Au cas où le soir, il y aurait dancing », précisa-t-il.

J'ai toujours aimé chez lui cette fausse tranquillité. Son humour. Ceci par exemple :

« Bon, puisque me voilà dans un nouveau quadrille parfumé à la soupe aux choux, n'y aurait-il pas ici quelque raison de se réjouir ? Salue-t-on ceux qui sortent les pieds devant par des salves d'applaudissements, une haie d'honneur ? Il faudra y penser… Nous créerons le comité Adieu à la Vie. »

Afin qu'il se sente un peu à la maison dans cette chambre si commune, où, avant lui, étaient venus s'éteindre d'autres de son âge, j'avais couvert les murs de photos, témoignages de ce qu'il avait été. On l'y voyait jeune et « vaillant ». Joyeux. Vivant.

Ainsi s'écoula cette année où il vécut au « chenil », s'asseyant le soir au réfectoire pour manger la purée de pois cassés sans sel parmi ses nouveaux camarades, arrivés pour la plupart sans bien savoir comment, eux que leurs familles n'avaient pas pris la peine de secourir au seuil de la pause éternelle et qui recréaient ici, vaille que vaille, une sorte de société. Un pittoresque club de cabossés. De sourds. De béquillards. Mme Lucette Fabre-Petit ne quittait pas sa chambre sans ses boucles d'oreilles en plaqué or 18 carats, serties de brillants. Patiente, Lucette la dorée attendait un silence pour entamer un épisode glorieux, déjà dix fois répété, de sa vie mignonnette « quand elle habitait Toulon ». À sa droite, M. Martinelli Gregorio, « son fiancé », ancien garde-chasse. Et aussi Mme Bonnet, considérablement tordue, abîmée, tremblante, montrait un petit museau où se devinait une réelle bonté, un vrai grand cœur, une âme claire, paisible. Tous, doux, perdus, déjà éloignés du monde, gardant un bon sourire. Dans cette ménagerie sans barreaux vécut mon père. Un an où, parmi tous ceux-là, il peaufina sa légende.

Quand vint l'automne, il était pensionnaire depuis janvier, glissant sans illusions vers l'ombre, curieux, il ne quittait presque plus son lit, souffle court, protégeant son front d'une main tachée de fleurs de cimetière et moi, maladroit venu le visiter, je baissais la tête, perclus de culpabilité. Il voyait que je voyais tout ça, « la tôle rouillée, usée », haussait les épaules et me lançait, ironique :

« Pas mal, non ? »

J'avais le cœur serré. Il m'arrivait de m'éloigner de sa chambre pour me réfugier dans le couloir, incapable de supporter longtemps la vue d'un vieil homme à la peine.

J'aurais dû être doux et compatissant, je restais sans voix, sans chaleur, incapable de trouver le bon tempo. Submergé par de lourdes envies de fuite, je résistais, adossé au mur de la loggia où trottaient les employées poussant des fauteuils dans lesquels gémissaient de pauvres choses accablées. Je tâchais de faire bonne figure face aux autres grands vieillards passant par là, des au-bout-du-rouleau, des ex-êtres humains qui nous connaissaient depuis toujours et se fendaient d'un sourire édenté en me parlant naturellement dans la langue d'oc, celle d'ici :

« Eh bien ? Ton père ? Comment va-t-il aujourd'hui ? Ne t'en fais pas. Il s'en sortira, vaï. On le connaît. C'est un Bataillé, non ? Un combattant. »

Le soir venu, je quittais sa chambre avec l'impression d'avoir accompli un devoir majeur comme un minable. Et j'allais de l'autre côté de la ville pour dormir dans sa maison, cet ancien rêve parfait de sa femme. Ma mère. Maison d'ouvrier qu'il avait, pour elle, bâtie de ses mains. Et qui n'avait pas bougé. Dessinée dans l'esprit des années 1960, telle que de malins architectes l'avaient inventée quand les Français sortant des troubles du siècle avaient découvert la modernité, salle de bains et frigo compris. Des « villas » (on les appela ainsi) avec pierres taillées apparentes sur la façade, rampes en fer forgé et de larges ouvertures pour rôtir au soleil, contresens d'experts du Nord à l'usage des gens du Sud. Maison où jamais, hélas, hélas, hélas, ma mère qui en avait tant rêvé n'était entrée, malgré les efforts que lui, le maçon, avait déployés, travaillant quinze heures par jour afin de finir ce palais dédié à celle qu'il aimait de tout son cœur. Et morte une semaine avant la fin des travaux, à 39 ans, comme c'est triste. À quelques jours près, ça aurait pu aller, oh, quelques jours, ça n'était pas grand-chose.

Mais non.

Ma mère s'éteignit le 24 juillet 1960, on l'enterra le 27, la maison fut terminée le 1er août et nous déménageâmes. Ce contretemps signa nos vies. Voilà comment nous entrâmes épuisés et vaincus dans une maison moderne, si moderne et si désirée par elle. Sans elle. Ni mon père, ni ma petite sœur, ni moi-même ne devions nous en remettre. Nous apprîmes alors la mélancolie, sentiment si inapproprié au caractère des gens du peuple. On note ça sur les photos. Si tous les trois nous affichons un demi-sourire, c'est que la joie s'était pour moitié glissée dans la tombe : elle ne remonterait plus. Il se pourrait qu'ici, je finisse par ce court récit un si long deuil.

Mon père, Roger Alphonse Franc, était maçon. Il avait les mains courtes, dures. Et militant, il avait le verbe haut, ne laissait personne parler à sa place. Et poète, il écrivait des vers interminables dans la langue du Sud, cette merveille oubliée qui m'embrumera toujours les yeux.

Des poèmes de félibre à la gloire du Languedoc. Des hymnes à la fraternité ouvrière. Il aimait Marcel Pagnol d'Aubagne, la Catinou du Grenier de Toulouse, Charles Trenet de Narbonne, notre capitale, Gruissan Plage au bord de la mer, ses chalets sur pilotis, Lézignan-Corbières, sa « ville » de 3 500 habitants et, comme tous ceux de son âge, il connaissait et respectait Victor Hugo, le grand Français. Mon père lisait, il écrivait. Les femmes assuraient qu'il avait une belle voix, il chantait « du Tino ». Quand il plâtrait une pièce vide, il chantait « … et je vous dis que je vous aime, mon amour… ». Dans la pièce à côté, le carreleur aussi chantait. Et plus loin, le plombier chantait. L'électricien ne chantait pas, impossible pour lui qui avait toujours une vis dans le bec et des doigts trop gros pour de si petits écrous.

Là était le charme de la classe ouvrière.

Celle aperçue dans Jean Renoir, Duvivier ou Grémillon. Carné, bien sûr. Tous ceux-là, « la belle équipe », étaient « rouges ». Ils n'en faisaient pas une histoire. Ils lisaient en diagonale *L'Humanité*, un point c'est tout. Demande-t-on aux gens des beaux quartiers de qualifier leur allure, de justifier leurs souliers vernis ? Qui oserait ? Ces rouges-là étaient frères, ils avaient « fait la jeunesse » ensemble, connu des grappes de filles au bal, à la rivière, des qui gloussaient déjà en les voyant venir. Des filles d'ici, sœurs, voisines, cousines en pique-nique, assises sur le bord de la nappe blanche, des filles qui leur criaient :

« Eh, dis donc ! Elle te plaît ma cousine ? Attention là ! Tiens-toi donc tranquille ! Je t'ai repéré, tu es un rouge !

— Eh bé, c'est-à-dire que…

— Vas-y ! Tu la fais danser, tu as le béguin, ne mens pas, tié tout rouge le rouge… »

On avait bu du panaché, de la grenadine, du Picon, les couples s'étaient trouvés. Comme la guerre avait brisé le cours des choses, on avait attendu en faisant pénitence et puis, la guerre finie, on avait rattrapé le temps. On eut des enfants. Le petit Jean-Claude, le petit Jean-Pierre, Jean-Paul aux oreilles décollées. La plupart des ouvriers allaient à vélo, les plus dépensiers eurent des Mobylette. Les durs de durs des motos, des 250 cc, des « culbutées » noires et chromées. Des Terrot. Les photos aux murs de sa dernière chambre témoignaient de ce temps. Une fois que je les eus exhumées des boîtes à chaussures dormant au fond d'armoires, une fois qu'elles furent agrandies, punaisées, il chaussa ses lunettes, celles à la branche scotchée au sparadrap, maintenue par un trombone, et longuement regarda son père et sa mère morts, sa sœur morte, sa femme et sa fille adorée.

Tous morts.

« Tu n'y es pas ? avait-il commenté. Il n'y a pas de photo de toi ?

— Je suis là, avais-je répondu, et il avait hoché la tête.

— Ce sont toujours les meilleurs qui partent », avait-il ajouté, et nous avions souri.

Oui, les meilleurs étaient partis et nous étions les survivants. Ce qu'il disait, dont je ne prenais pas ombrage, c'était que l'avenir, mes enfants, ne comptaient pas dans ce jeu entre lui et moi puisque, à 20 ans, j'avais quitté le Sud contre son avis, j'étais parti, j'avais trahi, j'avais vécu une autre vie où il n'avait pas de place. Ses règles, ses désirs, sa façon de voir le monde, je n'étais pas prêt à les faire miens.

Décembre se remplissait de guirlandes.

Le hall de la maison de retraite accueillit le sapin clignoteur. Bientôt Noël. Noël ? Il s'en foutait. Une fête chrétienne n'avait jamais été une affaire. Il avait tôt appris à bouffer du curé auprès de républicains espagnols arrivés dans la Narbonnaise vers 1936. Des funambules rencontrés sur les échafaudages, à peindre les pylônes du chemin de fer où, régulièrement, un de ceux-là grillait comme un poulet en touchant les fils électriques secoués par la tramontane. Allons, allons, du temps avait passé. Il savait que le ciel est vide, que lorsqu'on est mort, on est foutu, il n'en faisait pas un roman et avait toujours supporté, gardant l'air amusé, le goût immodéré qu'avait sa mère pour le pape. Sa mère, Eugénie Perrin épouse Franc, native de Boutenac, au milieu des pinèdes, où vécut en contemplation dans un trou de rocher le saint ermite Siméon. Pinèdes murmurantes, dernières barrières avant les collines de l'abbaye de Fontfroide, juste avant de basculer dans les étangs, avant les lidos de sable clair, avant la mer. La Méditerranée. Notre mer.

« Vas-y, va, va retrouver ta famille, je penserai à vous. Je n'ai rien à faire de tout ça, tu le sais. Va. On s'occupe de moi ici, mieux que tu ne sauras jamais le faire. À bientôt. »

Je l'ai laissé là.

J'ai pris le train pour Paris d'abord et les jours suivants, j'ai contemplé la montagne à skis, en silence. « Quand fond la neige, où va le blanc ? » s'interrogeait Shakespeare. Comme pour lui, à peine audible, lorsque je l'avais quitté, il avait murmuré « Adieu mon fils ». Et si j'avais trouvé le propos théâtral, je ressens l'effroi maintenant, la cape d'abandon qui couvrait son vieux cœur et, pour tout dire, ne pas l'avoir consolé me fait honte.

Noël à Paris avait ressemblé à Noël à Paris et je songeais à lui, là-bas, dans sa chambre où patrouillaient les infirmières. Du lit, avec vue sur les pins parasols et le clocher de l'église glacée illuminant la nuit, il se souvenait, j'en suis sûr, d'Eugénie sa mère qui aimait la fraîcheur vive de l'hiver des Corbières, les santons ornant la crèche et Jean XXIII au balcon. Il respirait mal, et puis s'étonnait : « Que c'est long de mourir, ce n'est pas une partie de rigolade. » Puis il souriait, s'accrochait. Ah ! S'accrocher avait été le cœur battant de sa vie, mais là…

Quand le docteur m'a appelé au soir du 31, qu'il a insisté pour que je vienne vite, j'ai repris le train tôt au matin du 1er janvier. Je l'ai trouvé dans son lit, le visage creusé, des bleus au front, il n'ouvrait presque plus les yeux. Par moments, il levait la main comme pour s'essuyer le visage mais elle retombait avant d'avoir pu finir son geste. Il était à bout. On lui avait enlevé ses dents et il avait désormais la figure des grands vieillards. Je lui disais :

« Tout va bien, papa, la maison est chauffée, ne t'inquiète pas, je règle les papiers, tout est en ordre. »

Je ne réglais rien, les papiers à régler m'ont toujours saoulé. Pour ces choses aussi, je suis une catastrophe. Il essayait de me répondre mais ce qu'il disait était une bouillie, sauf un jour où il a semblé aller mieux. Il souffla en me souriant :

« C'est l'heure. »

Ensuite il garda les yeux fermés. Je lui donnai ma main, qu'il ne serra plus. Je lui caressai la jambe et, plus tard encore, il était très éloigné du monde des vivants. J'étais là, le jour où les infirmières lui ont enlevé son appareil pour entendre. Son médecin lui a mis des patchs de morphine – la bien nommée. On aurait cru un bébé. Un vieux bébé. Son front se plissait quand il avait mal, il levait encore un peu les bras et gémissait. Les femmes en blanc, que j'avais croisées sur les bancs de l'école communale, qui avaient fait leur vie ici, me disaient « C'est dur pour toi », et je répondais « C'est pour lui que c'est dur ». L'une d'elles, sur le ton le plus neutre possible, m'a demandé d'apporter « des vêtements, un costume par exemple », au cas où. J'ai trouvé à la maison une veste d'été que j'aimais, molle, un peu de guingois, qui lui allait bien. Il la mettait pour aller voter, m'a dit plus tard une vieille militante. J'ai emporté aussi sa chemise bleue. Pas de cravate. Les ouvriers n'en portent pas, il me semble. Quand je suis revenu dans la chambre, les vêtements pour l'éternité au bout du bras, j'ai prié pour qu'il ne me voie pas. Il dormait et j'avais l'impression affreuse de le trahir. J'anticipais sa fin. Un moment infect. Oh, cela n'était pas simple. Il s'accrochait aux barreaux du lit à pleines mains, il essayait de se soulever. Il voulait sortir, s'en aller, sans doute revenir au bord de la rivière en pique-nique et chanter encore du Tino Rossi. Regarder ma mère dans l'eau, les mains à plat sur les hanches, hésitante à nager vers le lit du courant où dansent des libellules. Il sera resté jusqu'au bout le maçon, le militant ouvrier qui ne se laissait pas faire. Il ne chantera plus de mélodies simplettes et la rivière continuera de couler sans lui, la belle affaire.

Un vendredi, un peu plus tard donc, j'ai pris le train pour Montpellier. Il y avait dix jours que j'étais près de lui, seul, ruminant, et j'étais soulagé de changer d'air. Valentine m'a rejoint. Le lendemain, nous avions prévu d'aller à un marché, ce genre de stupidité, je ne sais plus où. Mon portable a sonné vers 10 heures, après une suite de messages commencés vers 6 heures du matin. C'était fini. Fini.

Nous sommes revenus à Lézignan-Corbières où nous l'avons retrouvé dans sa chambre, habillé, couvert d'un drap jusqu'à la poitrine. Il n'avait plus le même visage. Il était mort. Un mort, c'est autre chose, on dévisage celui que l'on a connu mais il n'est plus le même. Mon père était mort, chose annoncée, chose incroyable. Le soir, on a transporté son corps au funérarium. J'ai prié René Martinolle, figure des Corbières, lui qui savait préparer le petit déjeuner au boudin grillé, de parler sur sa tombe. Mon père ne voulait pas « passer par l'église ». Il s'était mis en colère lorsque je lui avais proposé le détour, quelques années plus tôt, au cours d'une de ces prises de bec qui nous séparaient d'abord puis nous réconciliaient toujours. Je n'avais plus insisté. Au marché du mercredi, j'avais repéré un accordéoniste. Un Belge un peu gavroche, amateur de picole, pauvre, estampillé sympathisant anarchiste. Je lui ai demandé de venir, de jouer les airs fameux du Front populaire, comme mon père à 20 ans les avait chantés. René m'a dit « Non, il doit jouer *Le Temps des cerises*, l'air des ouvriers, celui de la Commune de Paris ».

Au cimetière, il faisait beau et frais. René a parlé. Avec son accent d'ici, roulant de cailloux, il a dit de belles choses. Puis Marius, mon jeune fils, a récité deux poèmes de son grand-père. L'un sur Lézignan, l'autre sur les Bataillé. C'est le nom de la branche de notre famille : les Franc Bataillé. Il y avait beaucoup de Franc à Lézignan-Corbières. Les Royal, les Gandin, les Michelet et nous, les Bataillé. J'ai parlé le dernier. Quand j'ai eu fini, l'accordéoniste a joué. On a porté le corps dans la tombe où il a retrouvé sa fille, ma mère, son père, sa mère, sa sœur. Du bord de la fosse j'ai contemplé tous ceux-là, leurs boîtes usées par le temps. Ils étaient posés au fond. Tous les miens. Que j'avais vus vivre, apprendre à faire du vélo, partir au travail par un froid de loup, pleurer de dépit, boire des demis panachés glacés, tricoter des pull-overs, se réchauffer les engelures, chanter. Ils étaient, pour quelques minutes, revenus à la lumière. Je me souvenais de tout. Ils m'avaient nourri, aimé, attendu, lavé les oreilles, peigné avec la raie sur le côté, grondé. Ils m'avaient raconté leur monde qui ne s'étendait pas si loin, à quelques kilomètres de la mer, là où la providence les avait semés. Eux qui savaient les vents caressant la montagne d'Alaric, les pinèdes de Boutenac aux asperges sauvages. Eux qui admiraient au sud, vers l'Espagne, le mont Canigou brillant au loin, glacé de neiges éternelles, vision de paradis. Eux qui savaient les oiseaux en rang sur le fil partant vers l'Afrique et les dimanches d'été à Port-la-Nouvelle, avec ses cafés où l'on pouvait apporter « son manger ».

« Monsieur, sans vous déranger, si ça ne vous dérange pas, on pourrait avoir un petit peu d'eau, c'est pour le petit qui a soif. »

Le petit était l'alibi pour amadouer le cafetier à qui on allait, d'un moment à l'autre, demander poliment quelque chose, tandis que la serveuse désignait la table du fond, celle des pauvres où l'on pouvait apporter son manger. Demander, affaire détestable. Beaucoup des nôtres vivaient de salaires misérables. Et si le chef du syndicat leur proposait de « parler » pour eux au patron redouté, ils tremblaient de tous leurs membres, persuadés que rien sur cette Terre ne pourrait améliorer leur sort puisque tout était en ordre. Au fond, je ne sais pas s'ils aimaient leur vie. Sans doute, agacés par une si vaine question, m'auraient-ils répondu qu'ils avaient du charbon pour l'hiver, du pain dans la panière toute l'année. Qu'ils pensaient acheter une glacière. Qu'il y avait en ce monde des moments, oui, qui valaient d'être vécus. Le petit, par exemple. Le petit dont ils étaient fiers, s'étonnant qu'ils aient eu, eux qui ne méritaient rien, jamais, la chance absurde d'avoir un petit si vif, si drôle, qui faisait envie à toutes les mères. C'est ce que je voyais en regardant les pauvres boîtes empilées au fond du trou. L'accordéoniste jouait *Le Temps des cerises*, tous les amis venus avaient les yeux mouillés. On enterrait un ouvrier, sans religion, dans la fraternité des pauvres. C'était très classe. Classe ouvrière, bien sûr. Philippe, mon vieux maître vigneron, m'a dit ensuite : « Moi qui ai été élevé dans l'Église, j'ai été secoué de voir qu'on pouvait être aussi digne et se passer de Dieu. »

Je crois que Roger Alphonse Franc, un des derniers authentiques Bataillé, maçon, militant ouvrier et félibre, aurait été satisfait de ce qui s'est passé au cimetière, ce mercredi 15 janvier 2014, jour de marché à Lézignan-Corbières.

Les jours qui suivirent, alors que j'avais à faire à Londres, je restai. Dans la maison. Maussade, vidé, poussant du bout du pied une porte entrouverte où « les objets sans âme », me voyant entrer, gardaient les yeux baissés, immobiles et soumis. Témoins silencieux. Je décidai de passer quelque temps dans ce Sud où désormais je serais seul. Sans but véritable, j'allais vers la mer, je suivais les collines, les garrigues, les chemins des étangs. Les salins, les roseaux. Je souriais quand sur ma nuque, la caresse légère, le parfum revenu, l'appel… Au murmure du bois de pins, je fredonnais : « Vent frais, vent du matin, soulevant le sommet des grands pins… » Ainsi, servie par cette comptine, « la vie magique » s'invitait, je le sentais, et à genoux sur la plage de Saint-Pierre-la-Mer j'avais encore 3 ans. Intactes, les odeurs. Les émois. Mes premiers pas inondés de lumière. Et devant moi, la Méditerranée, notre mer, ma mère étaient là.

Eh bien, puisqu'il s'agissait de commencer…

Commençons.

Sa vie durant, Roger Alphonse fut sur le chantier.

Toujours.

Il était devenu maçon par hasard, un de ces hasards qui conduisent une vie sans que rien ait ressemblé à un choix. À 12 ans, il avait eu le certificat d'études, les félicitations. Il était très bon élève. Ses parents, sa grande sœur et lui vivaient à l'entrée de la plaine de Coursan, dans une « campagne », un domaine viticole de 500 hectares qui produisait des vins sans esprit destinés aux mineurs, à la classe ouvrière des hauts fourneaux, à ceux du Nord. Son père Raoul était ce que, plus tard, on appellerait un maître de chai. On ne faisait pas du vin, dans la plaine de Coursan : on produisait du pinard, du 7° qui se buvait comme l'eau du robinet. Monde agricole, paisible modèle du XIXe siècle, paternaliste, douze chevaux de labour, tonneliers, bourreliers, métiers de cave dédiés aux cuves géantes de 400 hectolitres et vue imprenable sur le « château » au bout du parc, où vivaient les bons maîtres, les jeunes filles en blanc, les messieurs à cravate. Ma grand-mère Eugénie, femme de chambre à la maison du maître, aimait et respectait Monsieur, homme simple, généreux, et qui, apprenant que le petit avait eu les félicitations, avait proposé de prendre en charge ses futures études. À Narbonne, autant dire sur la Lune. Pour que le petit devienne quelqu'un. Eugénie Perrin, épouse Franc Bataillé, aurait donc un enfant qui allait devenir quelqu'un. Il reste une image de lui, blond comme sa mère, portant une blouse noire fermée au cou, boutonnée sur l'épaule. On note son regard doux, aimant, et sa main d'enfant posée sur un livre. J'imagine la joie muette de ma grand-mère, rentrant le soir à sa maison au bout du chemin aux pins parasols pour annoncer que le petit aura plus tard une bonne situation, que Monsieur va faire ce qu'il faut pour. Je l'imagine comme je l'ai connue, petite, blonde aux yeux bleus, avec des yeux « de Chinois ». Couleurs inhabituelles parmi les noiraudes du Sud. Allant de son pas de paysanne préparer le repas de son homme, Raoul, qu'elle avait débaptisé pour l'appeler Joseph, va savoir pourquoi. Et lui, Raoul, brun, maigre, noueux, vite chauve comme un œuf. Un homme au nez busqué touchant presque le menton, un Franc, un Bataillé, raide comme un vrai pauvre à qui personne n'avait jamais dit ce qu'il avait à faire. Dur au labeur. Ombrageux et drôle. Un moulage à l'ancienne.

Voici la scène : le petit est assis à la table dans la pièce principale. Il n'y a pas encore de feu dans la cheminée, il ne fait pas froid et dans l'évier, qu'on appelle la pile, une bassine émaillée sert de vasque. Sur le bord de l'évier un arrosoir, émaillé aussi. On n'a pas l'eau courante. Il faut aller à la fontaine. Eugénie explique à son garçon futur « étudiant » qu'il aura besoin d'un costume. On ira en faire arranger un, celui de son oncle mort à la guerre, pour que lui, le petit, rentre dedans. Un costume qui fasse l'été et l'hiver. Un solide. Il lui faudra aussi une chemise et des souliers. Le garçon sourit. Il ne répond pas. Il rêve. Sa vie va changer. Il ne sait pas comment, voilà pourquoi il rêve. Il entend sa mère presque crier, elle, d'habitude si calme. Elle parle dans la langue d'oc :

« Le petit a eu les félicitations ! Monsieur veut l'envoyer à Narbonne pour apprendre la comptabilité ! Il paye tout ! »

Suit un silence où son homme, qui vient de franchir le seuil, ne dit mot. Il va à l'évier, baisse l'arrosoir. Il trempe les paumes dans la bassine, se savonne les mains, les secoue pour faire tomber l'eau et sa femme lui tend un torchon. Le petit n'a rien dit. Sa mère reprend :

« Monsieur paye tout ! d'un ton plus bas.

— J'ai entendu, dit son homme, j'ai entendu. »

Il s'essuie longuement les mains.

« Tu ne dis rien ? reprend-elle.

— Eugénie, tu le sais, ici, on ne mange pas des chiffres. Demain, le petit commence à la vigne. Avec moi. »

Cela n'appelait ni commentaires, ni larmes, ni soupirs.

On mangea.

La porte sur le chemin restait ouverte et Pipo l'épagneul du voisin passa la tête, attiré par l'odeur du fricot. Le petit ne parlait pas. Eugénie engueula le chien. Surprise, la bête prit le large sans rien comprendre, elle qui était toujours bienvenue. Le père leva les yeux de son assiette et regarda un instant l'animal s'éloigner. Il regarda aussi son garçon qui n'aurait pas une bonne situation, un col blanc, un costume puisque demain, « il irait à la vigne », houe à l'épaule comme lui, comme tous par ici. L'été s'annonçait. En mai, Roger Alphonse avait eu 12 ans. Tout était en ordre. Et ce soir, son père, Raoul Franc, qui ne voulait rien devoir, ni à Monsieur ni à personne, pas un sou vaillant, jamais, oh, ça, jamais, avait dans les yeux toute la tristesse du monde.

Cette tristesse, mon grand-père l'avait déjà connue.

À Béziers, en 1907, lors des révoltes viticoles. Le troufion Franc, 2e classe, avait eu la folie de garder l'arme au pied comme l'ensemble de son régiment, le 17e d'infanterie de ligne, pour n'avoir pas à tirer sur ses frères paysans. Tremblant d'angoisse, effaré d'avoir osé briser l'ordre. Désobéissant aux supérieurs. Mutin. Mutin donc ? Oui, mutin du 17e. C'est maintenant dans les livres d'Histoire. Il avait 23 ans. Forte tête ? Il terminerait son service militaire en Crète. En régiment disciplinaire. Deux années de plus. Qu'avait-il trouvé, là-bas, loin de sa terre ? *Kalimera. Tikanis.*

On ne sait pas. La classe ouvrière, les gens de peu ne se font prendre en photo qu'une ou deux fois dans leur vie. Les détails, le restant de leurs jours s'en vont avec eux. Anonymes ayant vécu dans les vignes, cheminé sur des sentiers bordés de cyprès, d'amandiers, ayant dépecé un lapin, labouré la terre, greffé, vendangé. Rien, en somme. Ni gloire ni batailles. La seule mémoire que l'on ait d'eux reste ce titre de honte : « Mutin du 17e de ligne. » « A gardé l'arme au pied. »

On a fait pire.

La case prison, un Franc, un autre, l'avait connue plus fort encore : pour Louis-Philippe, roi des Français, un meeting de soutien eut lieu sous les platanes du square, vers 1844, à Lézignan-Corbières. En été. Un de ces étés de canicule atroce où l'on attendit en vain la pluie. Il y eut foule. Comme pour la foire. Pour soutenir Louis-Philippe. Roi des Français, je l'ai déjà dit. L'orateur, transpirant, éponge son cou d'un mouchoir brodé, prononce un discours dont on se souviendra longtemps. Cet homme élégant, cultivé, parlant haut et fort d'une voix pincée, des bienfaits de la monarchie pour un public choisi mais assommé de soleil, est interrompu par un marchand ambulant de « coco à l'anis », rafraîchissement local, régal apprécié des grands et des petits. Qui l'interrompt ? Un Franc Bataillé.

L'individu, ouvertement républicain, peut-être anarchiste, traversait la foule du pas de promeneur. Sa cruche de terre emmaillotée dans un sac de jute, portée au dos à la façon des mahométans dans le bazar du Caire, ses pichets d'étain cliquetant au bout des doigts, il criait de toutes ses forces :

« Il est frais, le coco ! Oh, mais qu'il est frais, le coco ! »

Il déclencha des vagues de rigolade. Pourrissant le beau discours car il attendait, pour lancer son couplet, toujours la fin de la phrase du tribun. Même les royalistes se bidonnaient. C'était insupportable. Le fouteur de pagaille dormit le soir en prison et fut jugé pour insulte dès le lendemain. Expliquant qu'il ne faisait que vendre sa boisson fraîche et criait pour attirer le chaland, le désaltérer, car voyez-vous, Votre Honneur, Monsieur le Président du Tribunal, par cette chaleur affreuse, même notre bon roi Louis-Philippe aurait bu mon coco à l'anis qui soigne aussi la goutte, le furoncle et la femme qui ne peut pas avoir d'enfant… Il écopa d'un an de taule.

Un siècle plus tard, mai 1929.

Roger Alphonse a 13 ans.

Les Franc, Raoul le père, Eugénie la mère, Marie Jeanne l'aînée et Roger Alphonse le petit, ont quitté la campagne, la plaine de Coursan qui s'étire vers Béziers. Raoul est désormais employé à la cave coopérative « l'Abri ». Logé, il a une bonne place. Ainsi, la famille revint à Lézignan-Corbières, capitale historique des Franc. Le premier à porter ce nom était apparu dans les registres de l'église Saint-Félix en 1682 à propos d'un arpent de terre : Coymes Franc. Un prénom florentin. D'où venait-il, celui-là ? On ne sait pas.

Sa descendance avait raciné ici.

En 1929, Lézignan est une métropole de 3 500 habitants. Un monde fou. Des cafés partout. Des maisons de négoce. Des courtiers en vins. Une équipe de rugby glorieuse. Des bordels fameux. Déjà plusieurs cinémas. Un théâtre de variétés, une fanfare. Une école « supérieure », une privée. Deux foires. La plus grande gare de triage du Midi, disait-on alors. Où, à la transhumance, des millions de moutons descendus des collines montaient dans les wagons. Flottait alors sur la ville une puissante odeur de bique. Mais le reste du temps, les quais, les voies de garage étaient embouteillées de wagons-foudres en bois au nom de prospères négociants en vins. À 14 ans, Roger Alphonse travaille comme saute-ruisseau. Sa mère est fière de lui, « il est dégourdi, poli, c'est un petit saute-ruisseau ». Autrement dit, un coursier qui va à pied de la gare à la mairie, du quartier de la Cuque au bureau, en sautant du trottoir par-dessus le caniveau avec une sacoche remplie de bordereaux à faire signer.

Et puis, le temps de naître en Amérique, de se propager à travers l'Europe, la crise de 1929 embrouille tout, se faufile dans le Midi, sème la pagaille. Les maisons de négoce réduisent la voilure. On ne vend plus le vin, ou moins bien, ou mal. « Ça marque mal », c'est ce que l'on murmure. Il y eut des queues devant le bureau de l'emploi. Des mines renfrognées.

Le grand air de la Dépression siffla dans les rues, sur les places et l'ancienne histoire (celle de 1907, qui avait mis le Languedoc au tapis) vint se rappeler au bon souvenir de tous. Le signe ? Les messieurs à automobile et à col dur pressaient le pas, ne s'arrêtaient plus devant les grappes d'ouvriers désœuvrés pour blaguer, serrer des mains, demander des nouvelles du petit, de la fille qui se marie, ni de l'ailier du Football club lézignanais, qui avait marqué deux buts dimanche après-midi, le dégourdi, là, oui, celui-là, comment il s'appelle ? Bon, ne plus saluer ces messieurs n'était pas une grosse punition et eux, les chômeurs, restaient tête basse non loin du café où ils n'entraient plus pour cause de poches vides ; ils étaient devenus des sans-le-sou. Ne plus pouvoir aller au café, ça oui, c'était moche. La politique, ils s'en foutaient pas mal, n'empêche que l'on se mit à reparler de la lutte des classes.

Il y avait bien ces chantiers, loin, après Carcassonne, les fameux pylônes du chemin de fer à peindre. Et Roger Alphonse Franc, 18 ans et 52 kilos d'os sans gras, de volonté à toute épreuve, parcourait à vélo 40 kilomètres le matin et 40 le soir, dans la tramontane de cornecul pour aller peindre, à 30 mètres du sol, dans la rafale, ces saloperies de pylônes où l'on pouvait griller à chaque instant.

Un jour d'hiver fut particulièrement rude. Il faisait un froid de loup, là-haut. La bise vous claquait la gueule, une main pour le pinceau, l'autre pour s'accrocher au fer glacé tandis que les câbles électriques chantaient la sérénade des amants malheureux. En descendant pour la gamelle, à la pause de midi, quelqu'un dit qu'ils menaient une existence de forçats, qu'ils ne devraient plus vivre ça. Que ça n'était pas bien. Personne n'avait envie de répondre. Ils savaient tous pourquoi ils supportaient ça, cette chierie en l'air. Pour ne pas avoir le ventre creux, pour faire manger les petits. Parce qu'il n'y avait même plus trois sous à gagner nulle part. Parce que la crise, c'était devenu un sacré bordel. Ils étaient là, à curer leurs gamelles, tous assis au pied du remblai de caillasses, un peu plus bas, à l'abri du vent. Déguisés en épouvantails dans leurs vêtements de travail brodés d'une épaisse couche de peinture antirouille. Hardes qui tenaient debout lorsqu'ils les enlevaient enfin après leurs neuf heures de perchoir. Alors un autre dit :

« Si on gagnait un peu plus, encore, ça irait… »

Ça n'était pas le travail de chien qui posait problème, c'étaient les sous. Comme toujours.

« Il faudrait parler à l'ingénieur, dit un vieux, il voit bien ce qu'on fait, on avance d'un kilomètre par semaine, on fait le travail, non ? »

Ensuite, il fallut remonter dans la ferraille. Tout l'après-midi, Roger Alphonse pensa au bureau de l'ingénieur, plein de plans et de cartes. Bureau où jamais un forçat des pylônes n'était entré. Il imaginait l'ingénieur, avec sa blouse blanche de grand docteur de la faculté, lui demandant des nouvelles du groupe, s'ils n'avaient pas trop froid là-haut, des choses comme ça, et puis au bout le : « Tu voulais me voir pour quoi, mon garçon ? » Alors il expliquerait à Monsieur l'Ingénieur que toute l'équipe l'avait désigné, lui, pour demander si on ne pourrait pas gagner un petit peu plus, si ça ne dérangeait pas trop la Compagnie des chemins de fer.

Le soir, sur son vélo, Roger Alphonse se récita, en changeant un verbe ici ou là, les mots qu'il irait servir à Monsieur l'Ingénieur. Qui lui demanderait sûrement, à la fin, pourquoi un garçon aussi intelligent que lui n'avait pas fait d'études. Ça, nom de nom, c'était un mystère ! Il pédalait. Il arriva chez lui à la nuit noire. Il se lava les mains et rejoignit la famille déjà à table. Sa mère servait la soupe brûlante aux haricots, aux couennes et aux pattes de poulet. Avec du vermicelle et un bouillon Kub. Assis en face, son père trempait la sienne de pain sec qu'il tranchait d'un coup de son couteau à greffer. Le fils raconta sa journée, il dit qu'il avait été désigné pour aller parler à l'ingénieur.

« Désigné pour parler ? Et pour dire quoi ? » demanda son père.

Roger expliqua le copain grillé là-haut, les fils qui dansaient, le mauvais temps, le danger. L'augmentation qu'il demanderait. Son père écoutait. Quand il eut fini, sans lever les yeux de sa soupe où baignait le pain, le père conclut :

« Ton ingénieur ? Il va te foutre dehors. »

Il y eut alors une de ces disputes qui faisaient toujours pleurer la mère. Le père exaspéré dit à son fils qu'il se laissait embobiner par tous ces communistes, feignants et compagnie. Que lui, Franc Raoul, un Bataillé, n'avait jamais vu un ouvrier demander plus d'argent qu'on voulait bien lui en donner. Jamais. Que par les temps qui couraient, s'il perdait sa place, il y en aurait cent pour la reprendre, et que ses copains communistes fouteurs de merde ne connaissaient rien à la véritable marche du monde.

Je les vois comme si j'y étais.

Dressés sur leurs pauvres ergots.

Le père expliquant au fils ce qu'il a vu, lui, « trop vu », le phylloxéra d'abord, la crise viticole de 1907, la misère noire, la Grande Guerre, les tranchées, la misère noire encore. Et le fils répondant au père que tout allait changer. Et, sans doute, papa, ce jour est arrivé. Ça n'a rien à voir avec « mes » copains communistes, papa. Histoires de familles : on s'affronte, on n'est pas d'accord, on cherche la bagarre à ceux que l'on aime. J'entends encore Roger Alphonse raconter que mon grand-père Raoul, radical comme la plupart des hommes de la terre, détestait les communistes, ces intrus espagnols, anarchistes ou pire, va-nu-pieds fouteurs d'embrouilles. Les con-munistes, disait-il. Le père et le fils se chamaillaient. Le bois crépitait dans l'âtre, la tramontane ronflait dans le conduit de cheminée. Eugénie finissait la vaisselle. Bras dans l'évier, elle ne se mêlait pas de ces folies. Elle n'y comprenait rien. « Ah bon ? Les voisins espagnols, eux là ? Des communistes ? Ils nous donnent des pleins paniers de fèves de leur jardin. Je fais quoi ? Je les refuse ? Allons, ça ne se fait pas ! Et la dame, Mme Dolorès, elle parle presque français, maintenant ! Allons ! »

Dans la maison où le père et le fils s'engueulaient, la lueur de l'ampoule électrique dessinait un théâtre d'ombres sur les murs. Eugénie écoutait, elle avait son avis qu'elle ne donnerait pas, tandis que le chancelier Hitler, ombre lointaine « dans le poste », éructait à faire peur. On le craignait, on s'y attendait, les boches finiraient par tomber encore sur le pauvre monde.

Au bureau de la Compagnie des chemins de fer, on fit attendre Roger Alphonse. Des secrétaires, belles filles à rouge à lèvres comme dans les magazines, passaient et repassaient sans le voir, lui, l'envoyé des pylônes assis sur le banc. Et puis, enfin, il entendit son nom crié du bout du couloir : alors il se leva. Voilà, c'est maintenant. Il toqua à la porte ouverte.

« Bonjour, monsieur l'ingénieur. »

L'homme en blouse blanche ne répondit pas, il était à son bureau. Ça dura comme ça un moment. Roger Alphonse était debout, il avait envie de fuir. Il essayait de ne pas oublier son discours : « Monsieur, je suis envoyé par mes camarades à l'unanimité pour vous faire dire que ce n'est pas le travail, même si c'est dur. La preuve, c'est qu'on est en avance sur le programme, mais on ne gagne pas notre vie, si c'était possible d'être augmentés, voilà, on serait bien contents si c'était possible. » Il était prêt. C'était clair. C'était bien.

L'ingénieur posa sa plume et, levant enfin la tête en frottant ses yeux sous ses lunettes, il dit :

« Alors te voilà. On m'a prévenu, tu es le meneur, tu es un communiste ? Tu veux foutre le bazar, sans doute ? C'est ça ? Tu t'imagines que moi, je vais te laisser monter le bourrichon à toute l'équipe sans rien faire ? C'est ça ?! »

Roger Alphonse faillit s'évanouir. L'attaque avait été si soudaine. Il lui fallait répondre. Mais les mots manquaient. L'ingénieur avait fait le tour du bureau. Il le dépassa et s'installa dans l'ouverture de la porte. Il tendit le bras vers le couloir :

« Fous-moi le camp d'ici ! Tu me demandes une augmentation au moment où tout le monde manque de travail, tu n'as pas honte ? Allez, pas la peine de revenir demain, un autre montera au pylône à ta place ! Je t'en foutrais de la lutte des classes ! Allez, c'est fini pour toi ! Dehors ! »

Les secrétaires en manteau regardèrent le jeune homme sortir du bureau, il avait honte, il était défait.

« Madame Bousquet ? Vous lui faites sa paye du jour au pèlerin, là, il part en URSS pour fricoter avec M. Staline, notre camarade ! Ah, ça ! Il y en a, ils aiment la France ! »

Mme Bousquet râla et quitta son manteau. Ça tombait mal. Les ouvriers, il y a toujours quelque chose…

« Ça ne peut pas attendre demain ?

— Tout de suite ! cria l'ingénieur au bout du couloir, tout de suite, madame Bousquet ! Qu'il disparaisse de la circulation ! »

Dans la nuit, dans le vent du nord, les 30 kilomètres de retour glacé vers la maison furent longs. Il pédalait. Il pleurait. Plus de travail, quelle déveine. Mais les camarades ne le laisseraient pas tomber. On va se battre, Roger ! Allons, tu seras un héros de la classe ouvrière ! On lui foutra une grève au cul, à l'ingénieur ! Il pleurait. Il pédalait. Il n'y croyait pas.

Il avait raison.

Il ne se passa rien.

Embarrassés, les camarades se turent.

Une grève se prépare, tu comprends. Il faut en parler d'abord à la cellule, puis au comité régional. À Maurice Thorez, à Staline peut-être. Tu sais, tu n'es pas seul à avoir été renvoyé. Et il y en a, ils ont une famille, des enfants à nourrir. Tu aurais dû en parler d'abord au secrétaire de section ! Tu l'as fait ? Non ? Ah ben alors ! C'était foutu. Il s'éloigna. Sans travail. Sans rien. À la maison, le soir, en coupant son pain qu'il trempait dans la soupe, son père le regardait comme on regarde un « grand couillon ». Le dîner était silencieux. Quel couillon. Eugénie aurait voulu dire quelque chose, rien ne venait. On avait de la peine, la vie était rude. On se taisait. Hitler criait de plus en plus souvent dans le poste. Lui aussi détestait les cocos. Roger pesait 50 kilos. Avec la tramontane qui soufflait en rafales furieuses, quand il pédalait à la recherche d'un autre travail, ici et là, il aurait pu s'envoler, faire des kilomètres dans le ciel d'hiver, aller loin, pédaler au sud, au nord, à l'est ou l'ouest. Mais du travail, non, n'importe quel travail, il n'y en avait pas.

On n'embauchait plus.

Le dimanche après-midi, il y avait le bal chez Hardy. Qu'irait y faire un garçon sans le sou ? Qui voudrait s'afficher avec un type au couteau entre les dents ?

C'est vers la fin de l'été qu'il avait osé parler à la fille de la grande maison voisine. Elle venait de poser ses souliers, teints au blanc d'Espagne, sur le bord de la fenêtre pour les sécher au soleil :

« Bonjour Renée, vous allez au bal ? Je vois que vous avez blanchi les chaussures… »

Elle avait souri, puis elle était rentrée dans sa maison. Qui répond à un rouge ? Allons ! M. Ancely, son père, travaillait aux bureaux de la Compagnie des chemins de fer du Midi, à la gare. Il était bon. Respecté. Il portait un col blanc, une cravate. C'était un homme pieux. Il allait le dimanche à l'église Saint-Félix. Le vendredi, seul au fond de son potager, un grand jardin potager, il tombait à genoux puisque Marie pleine de grâce lui apparaissait dans la fourche majeure de l'arbre, un cerisier resté en fleur bien plus longtemps que les autres. Un arbre élu. La Mère de Dieu et Louis Ancely avaient alors une conversation privée, dont personne en ville n'a jamais rien su. Voilà l'affaire.

Louis Ancely et Virginie Mazel, son épouse, avaient eu deux filles. La cadette était Renée. Elle était couturière. Elle avait eu une mention au certificat d'études. Elle était vive. Elle avait des doigts d'or.

Au bal, Roger Alphonse et elle dansèrent.

Je ne sais pas s'ils allèrent à la rivière. Je le crois. Ils seraient mes parents. Quand Roger annonça à sa mère qu'il parlait à la cadette des filles Ancely, Eugénie s'inquiéta.

« Ça n'est pas des gens pour nous. »

Une sorte de digne indignité n'est jamais très loin chez les pauvres. On reste dans son rang. Et quoi encore ? Je me rappelle ces mots accablants dans la langue d'oc : « D'où tu sors, toi ? » Que pouvait offrir un discutailleur avec des opinions, issu de sans-le-sou, à une jeune fille dont le père chrétien bien connu portait une cravate pour aller au bureau ?

« Ils se virent… »

Et puis, au plan suivant, la sirène du *Ville de Marseille* mugit. Il embarque les conscrits de la classe 36, destination Tunis la belle, et Roger écrit un dernier mot à Renée avant de quitter Marseille. Cap sur le pays des fellahs, des bédouins, d'Hannibal et d'Augustin. Ils ne se verront plus des années durant. Deuxième classe dans un régiment d'élite, le 4ᵉ bataillon des marcheurs d'Afrique : les Zouaves du désert. Roger Alphonse sera zouave. Il portera la chéchia. Il goûtera le thé dans le souk avec les « indigènes ». Il ira dans les dunes, le désert. Jean Gabin, la grande vedette, pas loin. Ses camarades de corvée sont bretons, de la baie de Somme, de Paris Ménilmontant, alsaciens. Mille voix superposées. Il reste des photos, au fond de la boîte à chaussures couverte de poussière, oubliée dans un placard. Une dizaine de petites photos aux bords dentelés, ne manquant pas de grâce, images souvent floues. On y voit Roger et ses copains bidasses. Ici, sur une barque locale au large de Carthage, là, dans un trou de sable, désignant du doigt « l'avance de l'ennemi ». Ici, il joue une séquence du *Voleur de Bagdad* avec Douglas Fairbanks. Un Orient d'opérette. Chez le photographe, dans la casbah, il porte le chèche, le pantalon bouffant, le gilet brodé, la grosse ceinture. Il aura la moustache. Il n'est plus un jeune homme. Et c'est la guerre sans la guerre. Six fois par jour, le muezzin, en haut du minaret, chante son couplet mélancolique. Roger Alphonse se fait raser dans le bazar.

Est-ce qu'il écrit à sa promise ? Sans doute. Aucune lettre n'est restée. J'imagine des lettres d'amour polies où le bon élève de l'école de Sallèles décrit dans une langue recherchée les beautés et les misères qu'il a sous les yeux. Ou peut-être le quotidien de bidasse.

A-t-il eu envie de connaître le monde arabe ? D'apprendre sa langue ? De fraterniser avec l'indigène ? Écrit-il le trouble qu'il ressent à propos de l'état du monde ? De ce qui va arriver ? Ce que l'on n'évitera pas. Hitler se prépare. Roger a eu 20 ans en 1936 et nous sommes déjà en 1939. Il n'aura pas creusé des tranchées dans le sable de la plage de Carthage pour des prunes, le grand bazar va recommencer et c'est son tour. Cette fois, on est prêts, déjà qu'on leur a foutu la pilée pendant la der des ders. La ligne Maginot, ça oui, c'est quelque chose. Adieu donc, le rêveur bédouin, l'âne maigre pâturant dans les caillasses et les nuits interminables sous les constellations. Shéhérazade ou Aziyadé endormie, ce temps suspendu de la nuit des temps. Adieu l'Afrique, allons à la guerre. Mourir pour la France, voilà un programme. C'est mieux que de crever dans les vignes, bouffé par les moustiques, la couenne recuite au soleil. En route camarades, barda sur le dos. Lui, l'ami du genre humain, l'infatigable défenseur de la classe ouvrière, n'est-il pas embarrassé par le pacte germano-soviétique ? Le 4e Zouave sera positionné du côté de Compiègne. On défendra Paris par le nord, je vous dis que ça va barder.

Il est où, le boche ?

Ça pétarade par là.

On dirait que ça vient vers nous. Ça canarde dru. Les Stuka volent bas, bourdonnant comme des abeilles. On les attendait, les schleus ? Sur la route, devant. Ils sortent de partout. Ils sont là. Dire qu'ils sont mieux armés n'est rien. Ils vont vite, ils font la guerre, eux. Le MAS36, fusil à un coup, ne suffira pas. « Guerre finie », dit le grand type en gris, l'Allemand qui court depuis des mois à travers l'Europe et fout le feu. Roger se retourne. Il est seul. Ce n'est pas glorieux. Sa section « en embuscade », sortant de ses pauvres trous, a levé les bras. Il lève les siens aussi. Merde alors. Ils sont où les gradés ?

À l'arrière, en train de finir de déjeuner, comme en 14 ? Morts ? Tous. Guerre finie. *Kaput.*

Au plan suivant, ils marchent en colonne.

Les avions passent à basse altitude.

Les chenilles de blindés, odeur d'essence et de mécanique, détruisent les pavés des beaux chemins de France, leurs canons sentent l'acier brûlant, la poussière noire des batailles. Les tankistes ont le visage fermé. Tout ça fonce vers Paris. Des fumées sales montent au ciel, ici et là. Ça cogne et rebondit dans l'air brûlant de l'été. Dans les villages, les civils découvrent les prisonniers hébétés, en route. Roger n'est pas mort à la guerre. C'est ça de pris. On le retrouve au Chesnay, près de Versailles, dans un camp. Les baraques. L'attente. Le rata. L'humiliation. La joie mauvaise des gardiens qui jettent une clope par terre, non loin d'un groupe de prisonniers qui se précipitent et se castagnent pour le tabac. Ces Français… Des animaux ! Ils iront serrer des boulons en Allemagne, dans les usines du Reich. Hitler a besoin de bras de vaincus. Alors, s'évader ? Parmi les perdants, il y a les Maghrébins. Eux seuls sortent du camp pour des corvées. Il suffirait d'échanger sa capote, de se glisser dans la file. Il ne dit rien à personne. Plus tard, il est dans la file. Il tremble. Il passe le portail dans un groupe de dix. Le groupe tourne à droite, lui ira à gauche. Il rend sa capote au Tunisien qui la lui a prêtée. Il saute le mur. Il est libre. Il se hâte. Il a remis une veste civile, un béret. Il a des poux. Il n'est pas rasé. Il pèse 45 kilos. Il s'est évadé, ça a marché. Nom de Dieu, ça a marché. Et il a fait ça seul. Le Midi, son village sont loin. Il lui faudra traverser la France à pied. En attendant, il ira à Paris. Qu'il ne connaît pas, et Paris est grand. Ce soir, il a dormi dans un square, sous une sorte de guitoune avec un clochard. Rue Lecourbe, à l'adresse, il pousse la porte. Il sonne au premier. Des pas.

« Qui est là ?

— C'est Georges qui m'envoie. »

La porte s'entrouvre, une femme le regarde d'un œil.

« Il m'a dit que vous pourriez m'aider, murmure Roger.

— Qui êtes-vous ? chuchote la dame.

— Je me suis évadé. Je marche depuis deux jours…

— Évadé ?! dit la dame d'un air paniqué. Vous voulez tous nous faire fusiller ! Partez d'ici ! Je ne connais pas Georges !

— Vous n'êtes pas sa mère ?

— Rien du tout ! Allez-vous-en ! »

Maintenant, il a peur.

Cette femme, quel accueil. Il ne voudrait pas que l'on fusille à cause de lui. Ça non. Il a l'air d'un pas-grand-chose. Ça, il a l'habitude, le refus, la vexation, le mépris, être un pas-grand-chose, allez ouste, du balai. Allez-vous-en ! Dois-je le répéter ? Plus tard, il marche vers le Père-Lachaise.

Il est à bout.

Il n'a rien mangé.

Sa barbe a poussé. Il rase les murs. Voler à l'étalage ? Les Franc ne volent pas. Il ne pourrait pas courir plus de 50 mètres. Il est perdu. Paris est si grand. Il tremble d'angoisse. Mon Dieu, s'il vous plaît, faites… Il sonne encore.

« Bonjour madame, je viens de la part de Raymond… » Une heure plus tard, Roger qui est rasé, lavé, qui est épouillé, mange dans la cuisine.

« Pardon, madame, je ne peux pas me retenir, les larmes me coulent sur les joues malgré moi. La soupe, madame, vous ne pouvez pas savoir comme je trouve ça bon. »

Ensuite, il raconte Raymond et lui dans l'oued Sidi Aïch en allant vers Gafsa, le bateau, Compiègne avec le régiment. Qu'il a perdu de vue dans le premier mouvement.

« Raymond était en poste en haut d'un talweg, c'est un terme militaire, juste avant le village. Quand ça a commencé à pleuvoir des obus… »

Puis il se tait, frotte son visage, cache ses yeux, secoue la tête.

« Raymond a été pris, lui aussi ?

— Non, dit la mère, il est mort. »

Et puis, très vite, elle ajoute :

« Ma fille va venir, elle veut vous connaître. Raymond nous avait parlé de toi, mon garçon. »

Il dort tout le jour dans le lit de Raymond et le soir venu, quand il se réveille, une toute jeune fille est là, assise au pied du lit. Qui le regarde.

« Je suis sa sœur, j'ai 15 ans. Janine.

— Bonjour mademoiselle Janine.

— Bonsoir. C'est le soir, là », dit Janine.

Roger restera un jour de plus dans cet appartement. Lui qui ne sait rien des gens de Paris, « les Parigots à l'accent pointu », sera ému. Ces timbres de voix, la bibliothèque remplie de livres, ému par la mère de Raymond et la grâce de sa sœur. Janine va faire des études, elle a des capacités. Le matin, ils sortiront tous les deux pour tenter de trouver des provisions, et Janine lui donnera le bras. Son accent du Midi l'amuse. Elle le taquine. Elle lui enseigne qu'on ne met pas des « e » partout à la fin des mots, et surtout là où il n'y en a pas. Il songe à une autre vie que la sienne. Janine est une enfant mais « elle a des capacités ». Elle sera un jour une belle femme, cultivée. Droite. Il n'en connaît pas, des comme ça. Dans le Sud viticole, il y a les ouvriers agricoles et les maîtres que l'on n'approche pas. Et des employés à col blanc, des rances, comme l'ingénieur qui l'a foutu dehors. Ici, à Paris, c'est un autre monde. Vraiment. Le lendemain, habillé d'un costume de Raymond, un peu d'argent en poche, il quitte cet appartement, accompagné par Janine, pour la gare d'Austerlitz où il prend le train vers Orléans, la Loire, la zone libre.

« Au revoir, Janine, prenez soin de vous, et si d'aventure vous venez dans le Midi avec votre mère…

— Oui, répond la jeune fille avant de tourner les talons, si d'aventure. »

Janine, devenue étudiante, se fit coincer plus tard par la police. On l'interrogea, puis elle fut mise dans un wagon pour l'Allemagne.

Arrivé à Orléans, il s'agissait de passer la Loire.

Entrer dans la zone libre était impossible. Roger irait à pied. Cap au sud, il finirait par rencontrer le fleuve. S'il le fallait, il nagerait. En attendant, il marcha. L'Orléanais est un pays de blé. À droite, à gauche de la route, jusqu'au fond de l'horizon, empli de piaillements d'oiseaux. Tout s'était bien passé en quittant le train, il avait sauté dans le ballast lors d'un ralentissement, un peu avant la gare. Il s'éloigna de la ville. Une borne indiquait : « La Loire, 2 km ». Il suffirait de se planquer dans le fossé quand viendrait une rare automobile. Une patrouille allemande. Bientôt le fleuve. Et puis un homme à vélo apparut au loin. Roger avait le soleil dans les yeux et ne vit qu'une silhouette. Ils allaient l'un vers l'autre. Quand il comprit que l'homme portait un uniforme, il était un peu tard pour se carapater. Il continua à marcher, la peur au ventre. C'était un gendarme. À 10 mètres, l'homme mit un pied à terre et le fixa sévèrement. C'était foutu. Roger pensa courir. Mais il aurait pourri le costume et ça, il ne le voulait pas. Il avait promis à la mère de Raymond de le lui renvoyer, avec un jambon pourquoi pas, une fois rentré. C'était foutu. Il allait retourner au stalag. Il en aurait pleuré. Le gendarme plissa les yeux.

« Je… je suis… »

Pas un mot vaillant ne sortait de sa bouche. Et l'homme l'observait toujours en baissant la tête. Le gendarme renifla et se racla la gorge. Il dit, d'une voix éteinte :

« Le sentier, au prochain hameau sur ta gauche. Là, tu quittes la route. Tu marches jusqu'à la maison au bord de l'eau. Deux kilomètres. Il y a le père. La fille te fera passer. »

Puis il remonta sur sa machine et s'éloigna. Un gendarme ! Merde alors ! « Tu ne vas pas le croire, papa, un gendarme ! Un gendarme m'a aidé ! » Il raconterait cette histoire à son père. « Tu vois, papa, parfois, il m'arrive des choses bien. Toi qui penses que j'ai toujours la poisse, tu vois… » Et puis le chemin de terre, les grands arbres, les roseaux, le calme, le bruit des bêtes dans les fourrés. Toutes ces choses oubliées et qu'il retrouve. La rivière. Quelques kilomètres et, à la fin, la maison au bord de l'eau. Le ponton de bois vermoulu et devant, large, lente, luisante : la Loire. Le vieil homme est là. Roger entre. La fille est là aussi.

« Tu as mangé ? dit le père.

— Oui oui », dit Roger.

La fille sourit.

« Alors tu remanges. Ensuite, va dormir dans les roseaux, ne t'éloigne pas, si tu entends la cloche, cache-toi… Ma fille te fera passer cette nuit. »

Ensuite, ils mangèrent. Des haricots. Roger avait mangé beaucoup de haricots depuis toujours et donc il aima ces haricots-là aussi. Puis, pour parler, il demanda :

« Comment s'appelle votre fille, monsieur ?

— Demain, tu seras loin, mon garçon, son nom n'a pas d'importance.

— C'était juste pour savoir, pour savoir à qui je dois ma chance.

— À qui ? À cette idée que l'on a de notre pauvre pays. Va, sors, va te reposer. On viendra te chercher. »

Il alla au bord du fleuve. Quand tout le bazar serait fini, il reviendrait, c'est juré, avec un gros jambon de la montagne Noire. Merci, monsieur, merci, merci. Il s'assit et regarda la Loire. Il pensa à la rivière plus humble, l'Aude, où allait « la belle équipe » quelques années plus tôt, et il vit Renée, dans l'eau jusqu'à la taille, se tourner vers lui et sourire. Il allait l'épouser, ça oui. Il irait voir son père, il lui dirait « Bonjour monsieur, je voudrais épouser Renée, je n'ai pas peur du travail, je vais gagner notre vie, vous verrez, je m'occuperai bien d'elle monsieur, je vous le promets, foi d'animal, puisqu'elle est, comment dire ça, monsieur Ancely ? Je suis tellement ému, les larmes me viennent… Parce que c'est elle, monsieur, c'est sûr… » Il la voyait, écoutant, amusée, comme si elle avait été là, habillée de ces vêtements qu'elle cousait elle-même, brune aux yeux noirs, calme, courageuse, drôle, oh oui, ça oui, il aimait son esprit. Et puis aussi, elle avait des chevilles fines. C'est beau, les chevilles fines sur les filles, c'est gracieux. Sans doute était-ce le parfum doux du fleuve qui l'exaltait, il comprit qu'elle lui manquait. Oui, en arrivant, il allait l'épouser. « Renée ? Voilà. Si tu veux m'épouser, je ferai tout pour être un bon mari. Je suis adroit, tu sais, je nous fabriquerai une table, des chaises. On se débrouillera. » Si elle voulait toujours de lui, bien sûr.

Il dormit.

À la nuit, il but une sorte de café dans la maison et puis ce fut l'heure. Personne ne parlait. Une longue barque était amarrée. Il voulut se rendre utile, demanda s'il y avait des choses à transporter.

« Tenez-vous tranquille », dit la grande fille.

Ils allèrent au ponton. Un homme, une femme, une enfant de 10 ans étaient déjà dans la barque. Le vieux passeur poussa la traînière vers le lit du fleuve. La grande fille se mit aux avirons.

« Allez à l'avant, avec ces messieurs dames, chuchota-t-elle, tenez-vous tranquille. »

L'homme à l'avant, petit, vêtu d'un costume, portait un chapeau noir d'homme des villes, un chapeau qui avait dû coûter cher. Il était maigre comme un chat, quant à sa femme, le malheur se lisait sur son visage. La fillette à la grande écharpe regardait Roger. L'homme murmura un mot à la petite, dans une langue incompréhensible. S'adressant à Roger, l'enfant prit la parole :

« Ils ne savent pas bien le français. »

La grande fille ramait. Cela aurait pu être un beau spectacle, toute cette eau, la lune d'argent, une fois je te vois, une fois je me cache, l'haleine sucrée du fleuve, mais la femme pleurait doucement. La petite regarda encore Roger, elle haussa les épaules et sourit. Les larmes de sa mère l'embarrassaient. Ce fut long cette traversée, car ici la Loire est large même si le courant est calme. Roger se dit qu'en cas de… il nagerait. Mais ces gens, eux non. Ils se noieraient, c'est sûr. Lui, Roger, tenterait de sauver la fillette, de nager pour deux. Tout était inquiétant. Puis les arbres approchèrent. La passeuse dos à la marche se retourna, cherchant dans l'ombre le bout de berge où accoster, et lorsqu'on arriva à 50 mètres, près de grands peupliers, sur le côté de la France libre, elle quitta les avirons, se leva et manœuvra alors avec une longue perche. Il y avait là un tronc, tombé dans l'eau. Elle appuya la barque sur le tronc. S'arc-bouta sur sa perche, à l'arrière, de manière à maintenir le bateau et sans un mot, fit signe de son bras libre. « Allez, allez. » Roger grimpa sur le tronc, tendit son bras à la femme. Puis à l'homme. Puis à l'enfant. Ils posèrent le pied sur la terre ferme et se retournèrent. La passeuse était déjà revenue dans le lit du fleuve, silhouette aux avirons sous le ciel étoilé. Roger regarda ses compagnons :

« Voilà, c'est fait. Je rentre chez moi, dans le Midi. »

Le père et la mère parlèrent. Puis la fillette traduisit :

« Nous allons essayer d'aller en Espagne. Si vous voyagez avec nous, vous serez en danger. Nous sommes isra… »

Le père la coupa, cette fillette parlait trop. Il dit :

« Au revoir, monsieur. »

Puis ils s'enfoncèrent dans le bois, en remontant vers les champs qui bordaient le fleuve brillant, tandis qu'en son milieu, là-bas, la barque comme un bout de bois flottait dans le courant. Tout était calme. Quelque temps plus tard, la passeuse et son père furent dénoncés, fusillés. La traînière coulée.

De nulle part, il réussit à téléphoner à une tante de Carcassonne. Le téléphone n'était pas si commun. Et à Lézignan on sut très vite : « Il s'est évadé, il se débrouille, il arrivera demain à Carcassonne. » Tobie était de retour. La suite, les retrouvailles ne m'ont jamais été racontées. Le premier regard, le premier mot. Bien souvent j'ai été agacé par cette pudeur des gens simples, cette incapacité à parler d'eux, raconter, mettre en scène. Dire par le menu ce que fut leur vie, autrement qu'en mots convenus. Incapables d'explorer le détail, qui toujours est ce rien sans importance qui dit plus et mieux. Comme si leur vie, leurs jours ne valaient pas grand-chose et qu'il en soit ainsi pour les siècles. Est-il allé d'abord chez sa fiancée ? Avec des fleurs ? S'est-il levé quand elle a franchi la porte, est-ce elle qui a couru ? Ou alors était-elle sur le quai, à la gare ? Seule ? Avec ses parents ? Ailleurs ? Était-ce sur le banc, là, dans la cour, sous le fil à linge ? Va savoir. Je ne me sens aucun talent pour inventer ces retrouvailles. On n'entre pas dans la chambre des parents.

« Ils se virent et puis ils se revirent. »

Voilà.

Démobilisé.

Renée Ancely et Roger Franc se marièrent en 1941.

Elle cousit sa robe.

Blanche, de bonne coupe. « Simple. »

Pas de fanfreluches. Elle ajouta un petit chapeau. Lui porte un costume. Sur la photo officielle, elle est assise au premier plan, sa chemise blanche fermée jusqu'au col, sa veste blanche qu'elle-même a dessinée, mains cachées sous les fleurs, et lui, debout à l'arrière, mains croisées dans le dos, sourit au photographe. Pas de cérémonie religieuse ? Un communiste, pensez donc. La mairie et ce fut tout. « Le plus beau jour de leur vie… » Eh bien, comment fut la noce ? C'était la guerre. Les témoins de cet événement sont sous la terre. Est-ce que Louis Ancely et Raoul Franc Bataillé, scellant l'union de leurs enfants, se découvrirent une complicité ? L'un, je l'ai dit, était un col blanc, chrétien fervent, et l'autre, je vous le confirme, un carbonaro à l'œil noir, radical. Ne levant sa casquette devant personne. Tandis que Louis tombait à genoux au pied du cerisier où lui apparaissait la Vierge Marie, Raoul, l'homme de cave, allait le dimanche à la pêche. À la rivière où il connaissait les coins à barbeau truité. Non, rien en commun. Virginie, la femme de Louis, était « une figure », une pas commode. Qui commandait son monde. Son Everest ? Elle avait tenu un jour un ouvrier hurlant de douleur pendant que le chirurgien découpait à la scie sa jambe broyée par un accident. Personne n'avait voulu s'y coller, Virginie l'avait fait. Elle était née à Manduel. Dans le Gard. On n'y allait jamais, là-bas. Des presque Provençaux. Des royalistes dans les États du pape. Petite, elle avait voyagé jusqu'en Sicile. Tandis que pour Eugénie, ailleurs, mon Dieu… c'est loin, non ?

Louis Ancely qui croyait en Dieu Miséricordieux et Roger Alphonse Franc qui ne croyait qu'en la lutte des classes devinrent de vrais amis. Dans sa grande maison, où vivaient ses deux filles, Louis divisa l'espace. L'aînée vécut au rez-de-chaussée et Renée la cadette à l'étage. Si Renée avait épousé un communiste, Alice avait épousé un socialiste. Les deux gendres se détestaient. Quand ils se croisaient dans l'escalier, ils s'adressaient à peine la parole. Le moindre mot était prétexte à se piquer le nez. Roger disait : c'est un socialiste. Un con. Achille disait : c'est un communiste. Un con. Les femmes de la maison, elles, ravaudaient. Mettaient du charbon dans le fourneau. Cuisaient les rutabagas.

Quand Roger avoua qu'il avait, la nuit d'avant, distribué des tracts, qu'il allait reprendre quelque activité politique secrète – la plupart des rouges avaient disparu dans le maquis –, Renée se mit en colère.

« Non. Les catastrophes, on a eu ce qu'il faut. On ne va pas les provoquer. Tu te tiens tranquille. Sinon je deviens folle. »

Il se tint tranquille.

Il travailla.

Il devint maçon.

Sur les chantiers, il retrouva les Espagnols. Ceux du Parti. On parlait des haricots. Et du jambon à aller chercher chez le paysan dans la montagne Noire. Sinon, tu la boucles. Et puis les Allemands s'énervèrent, ne défilèrent plus en musique. Ils firent exploser des voies, des lieux stratégiques et un matin, ils étaient partis. À midi, des héros de la dernière heure paradèrent au centre-ville. Enragés, ils tondirent une brochette de malheureuses. Rouèrent de coups des « salauds ». Roger apprit, stupéfait, que son copain Aubin, du Parti, était « chef des maquisards ». Celui-ci entra sur la place le soir même, revolver à la ceinture, en auto. Comme une huile d'un nouveau genre. Il tira en l'air, mit fin au foutoir.

« Gare à vous, bande de crétins, je ne vous ai pas beaucoup vus, il y a quelques mois, quand ça bardait. La sauvagerie, on l'a déjà eue, on ne va pas continuer ! La guerre est finie. »

Les avions anglais atterrirent à l'aérodrome de la plaine. On fit la fête à ces jeunes gens. On ne comprenait rien à ce qu'ils disaient mais ils étaient différents et ils conduisaient des avions de guerre. Les vainqueurs, toutes les filles en étaient folles. On dansa puisqu'on aimait danser. Et puis, dans les familles Franc et Ancely, on attendit l'heureux événement.

Renée était enceinte.

Sur la place, on improvisa un tribunal « populaire ». On jugeait. On demanda à Roger de venir témoigner en faveur de son patron, de signer une pétition, comme tous ses employés l'avaient fait, pour sa libération puisque s'il avait travaillé pour les Allemands, c'était à l'insu de son plein gré. Roger refusa. Le seul. Il reprit même la carte du Parti.

Renée accoucha.

Le bébé s'appellerait Michel, comme l'ami mort en Allemagne sous les bombardements de Dresde. Michel vécut un mois et s'éteignit.

Petit, je suis allé sur sa tombe.

Tombe d'enfant dans le vieux cimetière. « Un ange au ciel », disait l'épitaphe. Et puis les visites s'espacèrent et Michel s'éloigna peu à peu de la mémoire des siens. On l'oublia. Puisqu'un autre garçon l'avait remplacé. Né avec le cordon autour du cou. Arrivé au monde pendu, celui-là. Garrotté. Par un soir glacé où Roger assistait à une réunion des camarades aux couteaux entre les dents. Ah, chacun ses priorités.

Qui connaît les soirs d'hiver dans ce pays de tramontane peut voir la scène. Dehors, dans le faubourg, le vent gémit, un volet claque, les fils électriques sifflent. L'ampoule municipale danse dans la brise. Et la sage-femme n'arrive pas. Mais qu'est-ce qu'elle fout, la sage-femme ? Alors Virginie, ma future grand-mère, prend le vélo, elle va la chercher, pédale contre le vent. Il fait nuit, il fait froid. À la maison, Renée est inquiète. Elle est restée seule. Avec, près de son lit, sa nièce de 16 ans dont toute la famille s'accorde à reconnaître qu'elle n'a pas inventé l'eau chaude. Ai-je gardé cette inquiétude comme cadeau de bienvenue ? Cette sensation d'avoir atterri nulle part et de n'être attendu par personne. Il faut un début à tout… Sans doute voilà pourquoi je garde la tête un peu penchée sur mon épaule droite. Souvenir de ma première minute pendu parmi vous, mes amis. « Un enfant qui naît avec le cordon autour du cou aura de la chance », prédit la sage-femme. J'aime à le croire.

Dans ces années 1950, Roger publia dans le journal local de longs poèmes en patois languedocien, langue que l'on appellerait plus tard l'occitan. Des alexandrins qui disaient son coin du Midi, des poèmes champêtres célébrant la beauté des garrigues.

Et puis, plus tard, ce fut l'été.

Les soirs d'été.

La famille allait s'asseoir sous la lampe municipale. On sortait au frais. On coupait une branche de fusain et l'on s'éventait pour chasser les moustiques. Autour s'allongeait la vigne à perte de vue, par-dessus les collines et jusqu'à la mer. Nous étions posés en rang au bord de la « route », ce chemin encore en terre.

Nos voisins, eux aussi, eurent des enfants. Le faubourg revivait. L'oncle Achille entra au conseil municipal. Ma tante Alice eut l'impression d'avoir épousé le roi du Pérou. Ce qui faisait d'elle la reine du Pérou. Et du faubourg, bien sûr. Elle ouvrit au rez-de-chaussée de la maison une alimentation où tous les pauvres du quartier vinrent se fournir en fayots, en huile d'olive, en savons Le Petit Marseillais.

Mon père accrocha un panneau de bois sur le muret qui séparait la maison de la route : « Roger Franc – Maçonnerie Générale ». C'était ça, le nouveau programme. Assez du patron. Ensuite, il attendit le client. Son beau-frère, « l'élu municipal », l'observait d'un œil goguenard. Qui aurait l'idée folle de donner du travail à un communiste ?

Il n'avait pas tort, Achille.

Les débuts furent rudes. Renée pleurait. Combien de fois avons-nous mangé des soupes aux pattes de poulet – couvertes d'écailles. Le 15 du mois, mes parents n'avaient plus un sou en poche. Raides. Fauchés. Roger acceptait tous les travaux. Il déboucha des séries de chiottes. Le soir, il allait aux réunions du Parti. Le grand soir n'était pas loin, n'est-ce pas ? Le monde avait sauté à pieds joints dans la guerre froide. On tremblait au souvenir de Hiroshima. Ça pouvait rebarder à tout moment. Les « nantis », disait-on dans *L'Humanité*, construisaient des abris souterrains où ils empilaient les boîtes de petits pois insensibles aux radiations atomiques.

Comme on s'habitue à tout et au péril atomique, on alla à la mer. Avec la Rosengart. Une camionnette à plateau d'occasion, achetée « à tempérament » pour le travail. La famille s'y installait direction Saint-Pierre-la-Mer, où Roger avait construit un cabanon en bois. Un palais de 12 mètres carrés. Une baraque avec un toit à deux pentes, sur une lande qui n'appartenait à personne. À l'avant, une cuisine. À l'arrière, une chambre. Éclairage à la lampe à pétrole. Pas d'eau. Mais la pompe municipale pas loin. On se lavait au robinet. Et devant nous, le spectacle des dunes blondes percées d'ajoncs, de salicornes. Et la mer. Je n'ai rien autant aimé de ma vie. Les pieds dans l'eau, les diamants sur la vague dans la lumière transparente. Mes premiers matins du monde… Voilà. Je ne suis pas né à Mégara faubourg de Carthage, pas plus qu'à Trastevere faubourg de Rome, ni à Camden Town aux corons de briques mais à Lézignan-Corbières, faubourg de Belle Isle. C'est en allant vers Narbonne, sur le côté gauche de la route de Cruscades et, plus tard, j'ai fait mes premiers pas à Saint-Pierre-la-Mer, là où la vague de Méditerranée vint caresser le sable et couvrir mes pieds d'enfant.

Renée eut une fille trois ans plus tard.

Ils l'appelèrent Régine, mais, suivant la tradition absurde de la famille, ils n'utilisèrent jamais ce prénom. Elle fut Simone. Une enfant douce. Silencieuse.

Souriante. Calme. J'ai souvent dit : « Si l'un de nous avait eu du talent pour quelque chose, va savoir quoi, nul doute qu'il se serait agi d'elle. »

Elle me manque.

Vint le jour où Roger trouva un vrai travail. Enfin, mon Dieu, il eut son premier chantier important, une maison à construire. La maison d'un ancien camarade du Parti. Une belle maison avec de la pierre apparente. Dans le goût de l'époque. S'il m'arrive de passer devant, je ressens toujours la même émotion : le chef-d'œuvre de mon père. Pourtant ses relations avec les camarades devinrent difficiles à la mort de Staline. Les médecins du grand homme furent accusés de l'avoir tué au cours d'un procès avec mise en scène spéciale Union soviétique. Mort, Staline ? Allons ! Puisque le petit père des peuples était immortel. Roger s'insurgea :

« Cette mascarade ? On demande à des enfants de venir témoigner contre leurs père et mère ? C'est ignoble. »

Les camarades le traitèrent de bourgeois, de ploutocrate, d'ennemi objectif de la classe ouvrière. Lui ? Oui, lui. Le jeune homme qui avait foutu le bordel dans les pylônes de la Compagnie des chemins de fer avant la guerre. Lui ! Le vocabulaire marxiste est riche, verbeux, dégueulasse. Tu es un renégat. Rien que ça. Va donc servir le grand capital. Il déchira sa carte du Parti.

Il s'éloigna.

Roger Alphonse redevint un Bataillé. Dès lors, il travailla. De l'aube à la nuit. Tard, l'ampoule dans la cuisine, salon, bureau, salle à manger brillait : « Je fais les factures. » Il construisit d'autres maisons. Fini, les soupes aux pattes de poulet. On eut d'abord la soupe aux couennes de cochon et plus tard, quand nous fûmes sortis de l'embarras, du poulet. Le dimanche. Il aimait les huîtres et, en rentrant du stade, il s'arrêtait chez le poissonnier pour la douzaine. Le soir, il les ouvrait. Les petits buvaient l'eau salée en faisant la grimace. Il souriait. Aujourd'hui, quand j'y pense, les huîtres, quelle joie. De Leucate. Ça allait bien. Sa colonne dans *L'Indépendant*, le journal local, en alexandrins et en occitan, avait du succès. Bref, ça allait bien.

Son garçon a 6 ans maintenant et fait des étincelles à l'école, sa petite fille est la douceur même. Sa poupée Bella sous le bras et une brosse pour la coiffer encore et encore, la petite suit sa mère partout dans la maison. Elle entre, la petite entre. Elle sort, la petite sort. Sans jamais un mot. Attentive à tout ce que se disent, font les femmes entre elles. Renée dit à Roger en lui caressant la joue :

« Tu piques, rase-toi. »

Et elle ajoute :

« Tu sais, j'aimerais que nous ayons une maison à nous. Pas grande, mais moderne. Une petite maison qu'on appellera *L'Ensouleiado*. »

L'ensoleillée.

Rien que ça.

Ils sont là, souriants, craintifs.

Pull-overs tricotés à la main. Mauvaises chaussures. La canadienne pour lui. L'imper pour elle. Et le foulard sur la tête. Ils auraient aimé être heureux ? Mais enfin ? Heureux comme qui ou quoi ? La vie ? Prenons ce qu'elle nous donne et si c'est peu, bien contents ! Notre place ici-bas, c'est la place du travail, juste avant les animaux.

Hiver 54. Le Languedoc est couvert d'un mètre de neige. De mémoire d'homme, cela n'est jamais arrivé. On y voit la famille prenant la pose au milieu d'un paysage blanc où disparaissent les vignes. Renée porte un manteau de fausse fourrure et des lunettes de soleil en forme de papillon. Les autres femmes de la famille aussi. La lunette de soleil entame une nette percée dans la classe ouvrière.

« On dirait qu'on est des actrices, dit ma cousine Plume. Ça fait Gina Lollobrigida. »

Les enfants au premier plan clignent des yeux. Ils tordent le nez dans tout ce blanc. On leur a tricoté des bonnets. Ça va bien ! Les miens sont là, je vous le dis, autour de la table où j'écris. Je sens l'odeur de leurs tricots de laine rêche, celle des cheveux de femmes flambés au fer à friser. J'entends les accents du Midi, ceux qu'on ne pourra pas cacher, souvenirs d'Espagne. Rien n'y manque. Les journaliers en grappe, les maîtres en auto, les planqués de l'administration, pas trop vite le matin, doucement l'après-midi, les grandes gueules à qui on ne la fait pas, les « bel homme » qui sont d'accord, qui ne veulent pas d'histoires, les roublards, sales bêtes rusées et aussi les bonnes âmes. Là, Mme Mire, son grand nez, ses seins lourds, ses yeux pâles : elle a toujours mené une vie à part, tant de types la veulent, de gentils maris prêts à tout plaquer pour elle. Des types piqués d'amour fou pour Mme Mire.

« J'ai plus de cœur, dit-elle à Plume, il a été détruit par un salaud, je ne te dis pas qui, n'en parlons plus, mais j'ai gardé mon cul que je négocie. »

« Quelle honte, cette femme », se lamentent les épouses. Ils sont là, ceux du Sud, des collines, des vignes, des villages perchés, des plaines, des étangs, bonjour aux enfants qu'on appelle toujours les petits, même grands, même passé 20 ans. Taisez-vous, les chiens que l'on appelle Pipo, Jim, Tarzan. Écoutez bien, vous, les jeunes filles que l'on a appelées Marie quelque chose. Écoutez-moi. Car un jour, bientôt, vous tous aurez « l'auto ». S'il vous plaît, ne criez pas de joie, car le monde basculera. Un jour, bientôt, vous aurez le transistor qui donne des nouvelles, du cha-cha-cha de Dario Moreno. Bientôt. Et tout s'éteindra pour vous sans que vous y ayez pris garde, vous, peuple des vignes et des étangs, vous serez submergés. La Terre sera devenue ronde. La Terre ronde, on l'avait lu, merci, on est au courant, mais on ne le savait pas *vraiment*. Tout va si vite aujourd'hui.

Et personne ne nous aura prévenus.

L'oncle Achille, adjoint à la mairie, a acheté une « Prairie ». Véhicule Renault. C'est une camionnette crèmasse avec un plateau à l'arrière. Trois s'assoient devant. Lui, la reine du Pérou et son fils, héros de la guerre d'Algérie, trente mois comme rond-de-cuir dans une administration coloniale à surveiller un tampon encreur. L'oncle conduit. Pour la première fois avec des lunettes noires sur le nez.

« Ça ? On n'y voit rien », dit-il.

Et il les quitte, il ne les remettra plus.

« Oh ! Que tu es agaçant ! Tu ne veux pas être moderne, pour faire plaisir ? »

Les femmes rient, on va à la mer. Le reste de la tribu est posé à l'arrière, sur le plateau. Les dames ont des foulards, des paniers en osier entre les jambes. Plume chantera *Bambino*. Plus tard, on s'arrête dans un village pour embarquer « la copine à Plume ». Une fille laide. Gentille. Si laide, la pauvre Marie-Lou.

« J'ai fait du dessert, dit-elle. Du flan. »

Et elle grimpe à l'arrière. Elle met son foulard. Elle regardera en silence défiler le paysage. Jusqu'à la mer que voilà.

La Méditerranée. Paisible. Les chalets sur pilotis. Gruissan. Le Grand Soleil, bar dancing. Bel établissement, bien tenu. Les dunes géantes. La plage sans fin. La Prairie roule entre les dunes, stop ici. On s'installe. Les pliants d'abord. Le parasol. Le manger. On ira se baigner trois heures plus tard, à cause de l'hydrocution. Plume prend son assiette de lentilles et va s'asseoir dans l'eau pour couillonner l'hydrocution. Une vague un peu plus forte la submerge. Adieu lentilles. L'expérience n'est pas concluante.

« Encore des lentilles, Marie-Lou ? Je les avais faites pour Achille, il n'en veut pas. On ne va pas les laisser perdre ! »

Les femmes se mettront à l'eau.

Jusqu'aux cuisses, pas plus. Les enfants boivent la tasse, ils glapissent. Tout va bien. Roger essaie d'apprendre à nager à son fils qui ne veut rien savoir :

« Non, moi je nage sous l'eau, au fond, dit-il. C'est mieux, il y a des poissons. »

Et il replonge, disparaît et ressort deux mètres plus loin en se frottant les yeux, étourdi et crachant comme un phoque. « Laisse-le faire », dit Renée à son homme.

Plus tard, Roger fait le crawl. Approximatif. Qui sait réellement nager, en ces années-là ? Il a appris enfant, à la rivière. Mais ici, la mer, les vagues, c'est autre chose.

« N'allez pas où vous n'aurez pas pied, s'émeuvent les femmes. Y a des trous, c'est traître ! »

Roger nage au large comme il le faisait à Tunis, avant la guerre. Sa tête est toute petite.

« Il est fou, pour qui il se prend, pour Johnny Weissmuller ? » dit la reine du Pérou.

Ma petite sœur se fait houspiller parce qu'elle mange du sable aux lentilles. Elle en a partout, elle ne sait pas comment c'est arrivé. Les enfants finissent le flan de Marie-Lou. Dans un moment, elle ira au Grand Soleil danser avec Plume. Le cha-cha-cha. Les deux jeunes filles ont mis un serre-tête, des pantalons corsaires. À la mode du jour. Sur la terrasse du restaurant, le vent léger renvoie la musique. Là, c'est mambo mambo. Pour un oui, pour un non, les filles rient.

Achille roupille à l'ombre du Prairie.

Depuis la vague où il flotte, Roger regarde la plage, les baigneurs, les chalets. Son paysage. Sa vie. Il a eu 40 ans. Ça va. Enfin. Il construit des maisons. Son affaire roule. Il aime sa femme et ses enfants. La politique, non merci, fini. Il pense à acheter une auto. Ça serait bien, une auto. Le temps dans lequel il vit s'appellera les Trente Glorieuses. L'Internationale peine à faire le genre humain ? Non, sans blague ? De quoi demain sera fait ? On aura le frigo, non ? Les enfants grandissent. La première télévision apparaît dans la vitrine de l'électricien. Et les voisins apportent leurs chaises, dans la rue, pour voir cette merveille, ce petit meuble en noir et blanc. Personne n'est très convaincu. Ça n'est pas encore du cinéma, non, ah non. Roger nage vers le bord. Au Grand Soleil, sur la terrasse, ça y va le mambo, la musique à fond, toute la plage en profite. Plume et Marie-Lou se secouent en cadence. Marie-Lou la mocheté est une sacrée danseuse. Autour, les garçons admirent les pas compliqués. Les filles font claquer leurs doigts en cadence. Ça danse et ça boit du demi panaché, du Pschitt. La marchande de cacahuètes arpente la plage en faisant sonner son clairon. Les petits réclament. Des cacahuètes ? Non, non, zou ! C'est trop cher. Vous mangerez mieux ce soir !

En vérité, on a maintenant trois sous en poche. Ça va mieux, mais on est encore un peu pauvres et comme la modernité nous fait de l'œil, à quoi bon geindre, ça la foutrait mal. Alors on se la boucle. Mambo mambo ? Et comment ! Mambo mambo.

Et voici qu'un pot de yaourt de méchante humeur fend le cercle magique qui entoure les deux danseuses. C'est la reine du Pérou. Les filles n'ont rien compris, puisqu'une volée de taloches pleut sur leurs oreilles.

« Et vous, dit la tante à l'adresse des jeunes gens, bande de détraqués, ça vous amuse de les voir gigoter avec le diable au corps, les deux dingotes, là ?

— Mais madame, on fait rien, on s'amuse quoi ! »

Les filles humiliées sont poussées hors du cercle, hors de la terrasse, hors du Grand Soleil, hors de la vraie vie.

Le moteur du Prairie tourne, on attend les coupables. Il n'y a pas de « Mais mamang ! ».

« On rentre, ça suffit ! Assez ! »

Plume et Marie-Lou grimpent à l'arrière. Retiennent leurs larmes. Marie-Lou se tait. Plume couine :

« Et moi, quand je serai chanteuse, je garderai tous mes sous ! Rien à mes parents ! Je vais partir d'ici, j'étouffe ! Certaine me fait trop chier. »

La reine du Pérou n'a rien entendu, c'est mieux ainsi. Cette arrogance des enfants, ce goût absurde pour les microsillons est une nouveauté. Oui, quelque chose change.

C'est au retour qu'est arrivé l'accident.

Il y a encore ce grand virage à droite, dans la descente de la Clape, un peu avant que la route s'élargisse vers Narbonne. Il faut anticiper, freiner avant la courbe, tout le monde sait ça. Sinon, tu te fais embarquer.

Côté gauche, la plaine, les vignes en contrebas. Côté droit, la garrigue haute, les arbustes perchés les uns par-dessus les autres, jusqu'en haut, là-haut, petit cube dans la lumière, où rayonne la chapelle de Notre-Dame des Auzils.

« Tu vas vite, Achille ! couine la reine du Pérou.

— Tais-toi, tu me distrais pendant que je me concentre », répond l'homme en faisant craquer les vitesses.

Et, entrant dans le virage, il entend un grand bruit à l'arrière. Puis les femmes tambourinent sur la vitre. Ça crie. Sorti du virage, Achille s'arrête.

« La ridelle s'est ouverte, le petit est tombé ! » crie Plume.

Renée hurle en cachant sa tête :

« Il est mort ! Il est mort ! Oh mon Dieu ! Non, pas ça ! Il est mort ! »

Le petit, là-bas, dans la courbe, est allongé sur le bitume. Il ne bouge plus. Roger court. Plume court aussi. Marie-Lou court plus vite parce qu'elle courait vite à l'école des filles ; elle arrive la première, soulève le corps. Le visage entier est une plaie. Il a un trou dans la tête, derrière l'oreille.

« Vite ! dit-elle en me portant dans ses bras tandis que le sang et le gravier incrusté dans mon visage tachent son chemisier blanc. À l'hôpital ! Il est dans le coma. »

Je me souviens d'une grande soucoupe de lumière au-dessus de ma tête. Des gens parlaient. Et je suis retombé dans les pommes. Et puis, les nuits suivantes, on venait réveiller le petit pour s'assurer qu'il était toujours du monde des vivants. Oui, j'en étais et de mauvaise humeur, pour changer. Sans doute ne voulais-je pas, à mon tour, une petite tombe avec, gravé dans le faux marbre blanc, le titre de gloire ignoble : « Un ange au ciel. » Quinze jours d'hôpital, le visage détruit. Une figure complète de croûtes gratinées comme un macaroni sortant du four.

La famille entière vint en visite.

La tante Aurore de Sète. Ceux de Coursan, dans la plaine. On chuchotait. « Comment est-ce arrivé ? » « Té, mon petit ! Voici des cadeaux pour toi, c'est un stéréoscope, tu vas voir comme c'est bien ! » Mais, s'approchant de moi, on avait un geste de recul en découvrant le gratin de macaroni, que je palpais la nuit du bout du doigt, puisque c'était interdit à cause des microbes. Jamais je n'eus autant de succès. Je devenais important.

« Tu en profites, disait Plume.

— Oui, mais j'ai failli mourir, Plume, à deux doigts.

— Ah, mais tu n'es pas mort et maintenant, je te connais, tu vas encore plus faire chier tout le monde. »

Ma petite sœur est venue me voir, elle aussi.

On l'a habillée en dimanche, elle a la frange comme toujours, des nattes. Elle approche du lit. Elle est au bord des larmes. Elle murmure, le menton tremblant :

« Tu as beaucoup mal ?

— Rien du tout. C'est qui le plus fort du quartier ? Qui fout des raclées aux grands ? »

Là, elle pince les lèvres, hausse aussi haut qu'elle le peut les sourcils, elle sait que je mens, qu'il s'agit bien de l'inverse. Elle me sourit de sa façon unique et va s'asseoir sur une vilaine chaise en fer, ses chaussures de fillette à chaussettes blanches posées sur le barreau, les mains croisées sur ses genoux serrés. Elle est contente, elle m'imaginait mourant, je suis vivant. Installée là, elle ne bougera plus. Allons, encore une semaine et *ciao*.

Ici, Roger Alphonse semble découvrir ce fils qu'il a failli perdre, ce garçon capricieux, insupportable, qui ne fout plus rien à l'école. Qui rêve. Mais à quoi, mon Dieu ? Qui s'énerve pour un oui, pour un non. Qui a compris qu'avec sa tête de croûtes, il a trouvé un public. Cet enfant abonné permanent aux torgnoles. Le père s'assoit près du lit, il est venu à la pause en tenue de chantier, du plâtre dans les cheveux et, ses deux avant-bras posés sur le drap, il murmure en secouant la tête :

« Tu nous as fait peur, tu sais. »

Et puis vint la dernière épreuve.

« Afin qu'il ne soit pas défiguré comme un monstre de foire, dans un mois, on va lui enlever les croûtes, ainsi sa peau se refera, dit Plume à ma petite sœur, il sera comme avant. »

Avec les mêmes taches de rousseur. Ah ! La petite séance de torture. Ce fut long et douloureux... Au moment où nous quittons le cabinet du médecin, où j'avais dérouillé, celui-ci annonce à mon père :

« Pour votre petit, je ne suis pas inquiet. Mais pour votre femme, là... »

Alors, dans la rue, serrant la main de son garçon qui chouinait, se faisait engueuler, touchait son visage couvert de gazes « qui piquent », Roger se dit que le destin était une méchante chose. Avait-il déjà eu cette idée simple, si commune chez les pauvres gens : Rien, jamais, ne nous sera donné. Il venait de retrouver son fils sain et sauf et on lui annonçait qu'il allait perdre sa femme.

« Attendez, avait prévenu le docteur, on va se battre !

— On ? Qui est "on" ? répondit Roger comme il savait faire lorsque le ciel s'effondrait sur sa tête. "On", c'est elle et je tremble… Certains êtres ne sont pas prêts à de telles batailles. »

Cancer.

Quelle banalité. 37 ans.

La « bataille » dura trois ans.

Très vite, Roger trouva une parcelle afin de construire la maison dont sa femme avait rêvé. Il y croyait dur comme fer : cette maison la sauverait, elle la voulait tant, elle y serait heureuse, elle guérirait, il le savait. Il ne ménagerait pas son effort, puisqu'il allait seul, sans aide, construire *L'Ensouleiado*. Pendant la semaine, il travaillait pour ses clients. Le samedi et le dimanche, de l'aube à la nuit, il bâtissait la maison du boulevard. Le palais pour sauver sa femme, palais où les enfants auraient chacun leur chambre. La façade regarderait au sud, vers l'Espagne. On peindrait les volets en bleu, c'est joli le bleu. Renée choisit des chaises en Formica pour la cuisine. Les faïences de la salle de bains. Les matins de juin, tôt sur le boulevard où personne ne circulait, il écoutait, sa truelle à la main, le frisson des feuilles de platane, le pas épais du cheval qui allait aux vignes. Toute cette vie, cette vibration de la terre qui lui disaient de faire vite, de bosser comme un forçat pour changer le cours du destin. Il reconnaissait la cadence du sabot de la mule de Justos l'Espagnol, celui de la jument de Raynaud, jusqu'au jour où les bêtes firent leur dernier voyage vers l'abattoir pour être remplacées par un tracteur. « Dans une semaine, je finis l'étage, à la fin du mois, je pose le toit. » Durant tout ce temps, sa famille continua d'habiter dans le faubourg de Belle Isle, chez Louis et Virginie Ancely, les grands-parents. À l'étage, où je suis né.

La vie de Renée n'était plus qu'une longue suite de rendez-vous chez les cadors du cancer, où des thérapies violentes se pratiquaient à la fin des années 1950. D'un mois sur l'autre, sa maison montait et elle maigrissait, le chemin pour aller consulter s'allongeait. Elle finit sa course à Montpellier. Elle voyageait en train. Seule. Et revenait brûlée de rayons, épuisée… pour s'arrêter un moment sur le chantier de sa future maison.

« J'espère tenir le coup jusqu'au bout, disait-elle en riant, sinon ça serait trop couillon. »

Ses enfants grandissaient, la petite était un sucre et le petit, un diable.

« Lui ? Aïe, il se doute que quelque chose de pas bien m'est arrivé », murmurait-elle.

La maison sortait lentement du sol. Roger faisait des journées de dix-huit heures. Sans s'épargner, sans se plaindre.

« Elle ne se plaint pas, disait-il, et moi, je vais me plaindre ? »

Au printemps de 1960, les médecins décidèrent d'arrêter les traitements. Les « protocoles ». De la laisser en paix. Plus de train, donc. Du repos. On se mit à parler bas dans la maison. Ma tante rapporta de l'eau miraculeuse de Lourdes. On ne sait jamais. Il y eut une belle dispute entre elle et Roger…

Un matin, Renée rentra des courses, descendit de sa Mobylette, posa ses provisions sur la table de la cuisine et pleura. Longtemps. Sa mère poussa la porte.

« J'étais en ville, dit-elle à Virginie, à la boulangerie, j'attendais mon tour et là, une femme que je ne connaissais pas m'a dit : "Oh ! Madame, on m'a dit que vous étiez foutue mais là, vous avez l'air en pleine forme !" »

Virginie l'a serrée contre son cœur en disant « ma fille, ma fille ». Renée a souri, à travers son rideau de larmes. Puis elle s'est levée. Son visage avait changé. Elle a pris un couteau et commencé à éplucher les pommes de terre. Virginie l'a aidée. Sans un mot. Renée s'est mouchée puis elle a ajouté : « Tu crois que je vais mourir, maman ? J'ai des enfants petits, je dois être là pour les élever. Quand je serai dans ma nouvelle maison, tu viendras me voir, dis ? Tu viendras ? »

Des années plus tard, Virginie m'a souvent raconté ce moment. Très âgée et presque aveugle, en pleurs, elle murmurait, infiniment triste, blessée :

« "Tu viendras me voir, hein, maman ?" Que voulait-elle me dire ? »

Puisque sa nouvelle maison fut, en juillet, le tombeau des Ancely, au vieux cimetière de Lézignan-Corbières. Renée mourut lentement, le corps torturé, dans la chambre où elle avait eu ses enfants, où elle avait aimé, où elle avait ri avec son homme, où elle avait écouté la voix de sa mère, de sa sœur, raconter des riens, de ces choses des femmes du Sud, assises sur le banc, en dessous de sa fenêtre. Dans cette pièce au papier peint fleuri, charmant, où elle passait le plus affreux moment de sa vie. Elle mourut désespérée de ne pas être là « pour élever les petits ». Que l'on avait éloignés du faubourg de Belle Isle. Ma petite sœur chez nos cousins, à l'autre bout du bourg. Et pour moi, ce matin ignoble où la journée s'annonçait chaude, ceci :

« Va embrasser ta mère, me dit Virginie, tu pars toi aussi. »

J'allai au bout du couloir, j'entrai dans l'ombre de la chambre où elle était couchée, calme. Je me penchai pour l'embrasser. Elle détourna la tête, elle ne voulait pas me voir. Ni un regard ni un mot. Et je ressortis. Confus. Coupable. Sans doute ce regard m'a manqué et me manquera des siècles encore. Je quittai la maison silencieuse, aux volets clos, avec mon sac. Mon pauvre baluchon où venait de prendre place un short de bain en plastique rouge et ma tristesse d'enfant. L'auto m'emmenait, j'allais à la mer. À Gruissan, à la plage des chalets. Comme pour de vraies vacances. Pour la première fois. En 1960, cet été-là, je découvris qu'il existait une autre vie qu'au faubourg de Belle Isle, plus douce, une vie de bains de mer et de salades de tomates. De sel sur la peau. Ainsi, il y avait dans ce monde des êtres différents, sans soucis. Je trouvais cela glorieux. Le 24 juillet, au chalet où j'étais accueilli depuis quinze jours, à l'heure de la sieste, j'ai ouvert les yeux. Pas un bruit dans la baraque en planches, mes cousins devaient encore dormir. Petit, jamais je n'avais eu peur d'être seul et je n'ai pas bougé. Il me semblait que quelque chose se préparait, quelque chose, c'est ça, et j'ai fixé le plafond de bois… Alors une lourde, longue, longue vague comme jamais a déferlé sur mon âme : maman est morte. Ça y est. Je ne la verrai plus… Je lui avais fait tant de peine, je n'avais pas été obéissant, j'aurais pu travailler à l'école puisque « j'avais les capacités », j'étais paresseux. Personne ne savait quoi faire de moi. Elle est morte par ma faute.

« Tu iras en enfer, et ça sera tant pis pour toi », m'avait souvent menacé Plume.

Le lendemain, je rangeai mon maillot de bain rouge. Ma cousine, bouleversée, avait quelques difficultés à retenir ses larmes en me voyant monter dans l'auto.

On rentrait.

Nous avons retrouvé Roger assis, la tête dans les mains, regardant obstinément le sol. Dans l'appartement des cousins. Il y avait beaucoup de monde pour voir revenir « le pauvre petit » bronzé. Tous eurent des larmes aux yeux. Je trouvais ça dégoûtant. Mon père m'a entraîné à l'écart, dans la cuisine. Je me souviens d'un canari qui sautillait dans sa cage près de la fenêtre. Roger m'a appelé « mon petit copain ». Puisque maman était partie, que l'on venait de l'enterrer, il faudrait nous serrer les coudes. Je trouvais ça dégoûtant. Je n'ai pas pleuré. Et plus tard, quand je suis descendu pour accompagner ma cousine à l'épicerie, que l'épicière a murmuré « c'est lui ? » et m'a serré contre ses gros nichons, j'ai failli crier. Je trouvais dégoûtant que cette femme inconnue me touche. Partie ? Partie, ma mère ? Allons ! Pourquoi les pauvres gens ont peur des mots qui font peur ? Elle n'était pas partie. Elle était morte, je l'avais su sans eux, sans que personne m'avertisse. Depuis ce premier jour, quelques années plus tôt, où elle avait été terrorisée en découvrant dans un rapport de médecin qu'elle ne ferait pas de vieux os. Elle qui avait « les petits à élever », « et sans moi, que deviendront mes pauvres enfants… ». Ce jour où elle m'avait demandé d'être gentil, « pour une fois, fais un effort ». Et là, maintenant que c'était foutu, dans cet appartement, je trouvais dégoûtants tous ces sourires compatissants. Je voulais retourner à la mer où la vie était douce. Dans la lumière. À ma mère que je n'entendrais plus. S'il vous plaît, ne plus voir ces pauvres gens, laids, empêtrés. Sans âme. Je l'entendrais toujours, elle, au bord de la rivière, murmurer la chanson des poètes de Charles Trenet qui est, comme chacun le sait, de Narbonne, en allant vers la mer…

Bien plus tard, j'appris que l'enterrement était passé devant *L'Ensouleiado* dont elle avait tant rêvé, où elle n'a pas dormi une fois. Roger avait souhaité que le cortège, allant à pied comme c'était la coutume, fasse un détour sur le chemin du cimetière, pour ralentir devant le chantier presque terminé. Elle mourut le 24 juillet, je l'ai déjà dit. Et sans elle, nous entrâmes dans sa maison le 1er août 1960.

Eugénie est venue.

Pour les petits, elle a quitté sa vieille bicoque à l'ombre du figuier, laissé Raoul, son homme, qui n'en fait pas une histoire. Destin de femme. Servir. Eugénie s'est toujours vêtue de noir. Comme les femmes de la campagne. Ce deuil ancien, maintenant et toujours. Roger est inconsolable. Il vient d'acheter une auto. Un chien noir aussi, un bon chien, pour ma petite sœur et moi. Sinon, il travaille jour et nuit, pour n'avoir pas à penser, ressasser. C'est le plein été. Vient le jour où j'annonce à mes cousins agacés de tant de chance :

« On part en vacances, avec l'auto, mon père et ma sœur, on va en Espagne… »

Autant dire à l'autre bout de la Terre.

Au sud de Barcelone, Sitges est un village aimé des vacanciers. En haut d'un rocher aux pieds dans l'eau, son église regarde la Méditerranée. Une promenade à hauts palmiers, de petits hôtels où les terrasses empiètent sur les *azulejos* du paseo. La mer est belle. Des pontons de bois entrent dans l'eau, très au large. Roger a loué une chambre au premier étage d'une pension. Un grand lit miteux qui craque, un lit d'enfant à côté. L'armoire pue le vieux. C'est peu, mais c'est bien. La fenêtre ouvre sur les palmes. Ici passent des calèches, on promène *las señoritas. Diez pesetas, media hora.* J'ai l'impression d'être dans un film. *Certains l'aiment chaud* m'a fait tourner la tête. La plage, le yacht, les grands hôtels et l'actrice blonde qui joue de l'ukulélé en gigotant. J'ai 12 ans, le nez qui bouge, je rougis, je me dis que la vie, quand on sait s'y prendre, tu vas voir ce que tu vas voir… Tout me plaît en *España*. La paella, ça oui, c'est quelque chose. Sur la plage, on peut louer des pliants, « des chaises longues » comme dans le film. Allez hop, nous aussi. C'est pas un peu cher ? Tant pis. Mon père est gentil, ma sœur silencieuse. Elle barbote assise dans 20 centimètres, étire le cou vers le ciel quand vient la vaguelette, fait des trous absurdes dans le sable et Roger, debout, les chevilles dans l'eau, regarde sans fin le bout de l'horizon où croisent de gros bateaux : la ligne Barcelone quelque chose. Je baragouine espagnol avec les femmes de chambre de l'hôtel, qui me félicitent pour mon accent. À mon tour, je me sens comme le roi du Pérou. Dans le faubourg de Belle Isle, personne, jamais, n'a connu une vie aussi luxueuse. Ah oui, c'est sûr. Je veux rester. On déjeune sur la terrasse, pension complète oblige. C'est merveilleux, une dame me sert. Et, chose incroyable, notre place est réservée. La serveuse du soir aime bien les trois Français. Roger parle avec elle dans une bouillie d'espagnol de chantier et de patois languedocien. On se débrouille. Et puis voici qu'elle, la dame, lance :

« La niña es muy triste y el niño muy serio… Donde está la madre ? »

Et toute la famille pique du nez dans son assiette de riz. La serveuse a compris. Elle passe la main dans mes cheveux. Elle s'éloigne. Ma petite sœur murmure :

« Elle est bête, celle-là. »

Roger n'a pas encore annoncé à la fillette que sa mère est morte. Il ne veut pas lui faire de mal, à elle, sa petite qu'il aime, qui lui ressemble tant, qui est si attachée à sa mère. Comme je ne veux pas lui faire de mal non plus, je marche dans l'atroce combine. Maman est dans une maison de repos. C'est ce qu'il faut répéter. Je me sens crasseux. Je regarde ma sœur, sage, humble, réservée, avec son pauvre maillot mouillé qui trempe son corsage. Je sais qu'elle comprend tout. Mais là… La mort, c'est une affaire d'adultes, non ? Je me déteste. Cette ânerie durera quelque temps. Jusqu'au jour où, à l'école, dans la cour de récréation, une fillette, s'approchant d'elle, lui dira :

« Ta mère est dans une maison de repos ? De repos éternel, plutôt. »

Ma petite sœur est restée saisie. L'hiver suivant, elle confia à Eugénie qu'elle savait. Elle avait 9 ans. Quelle misère. Quelle solitude.

Des siècles plus tard, j'ai interrogé Roger :

« Comment as-tu pu faire une chose pareille ? »

Alors il a tourné vers moi un visage défait, celui que j'avais connu, au premier matin où sa femme allait dormir une longue nuit sous la terre, et il m'a dit :

« Je ne pouvais pas, c'était au-dessus de mes forces... »

Rien ne fut simple.

L'Ensouleiado était confortable. Eugénie, la meilleure des grands-mères. Le chien noir, un amour de chien. Ma sœur lisait, collectionnait les photos de Steve McQueen. Mon grand-père Raoul venait chaque jour, on s'asseyait sur le banc, il roulait une cigarette et me disait dans la langue du Sud :

« Tu fumes ? Tu fais des bêtises ? À ton âge, on fait des bêtises. »

Et Roger travaillait. L'argent rentrait. Mes bulletins de notes ? Catastrophiques. Il n'écoute pas. Tu veux redoubler ? Il va redoubler. On dirait qu'il s'en fout. Tu t'en fous, c'est ça ? Non non. Alors ? Qu'est-ce que tu attends ? Ton pauvre père, avec ce qu'il a vécu, se tue au travail pour vous tenir propres, ta sœur et toi. Et toi ? Tu t'en fous ? Tu n'as pas de cœur. On le savait. C'est gentil.

Ce fut un temps très étrange.

Parfois, il m'arrivait d'aller devant la maison, sur le boulevard, et de m'asseoir sur un muret. Les platanes frissonnaient. Des cyclistes passaient. Je comptais les autos apparaissant plus loin, dans le virage. Si la septième est blanche, bon signe, la suivante s'arrêtera là, devant. Puis ta mère sortira du côté passager, avec des lunettes de soleil, en te faisant un signe de la main et, ravie, elle viendra vers toi… Ça va arriver. Et puis non. Ça n'arrivait pas. Dommage. Un vertige d'enfant. Des devoirs à faire ? Des leçons à apprendre ? Sans blague. Et puis quoi, encore…

Vint le jour où je me retrouvai en rang parmi un troupeau d'énergumènes de mon âge, à la caserne de Carcassonne : visite médicale pour entrer aux « Enfants de troupe ». Et bon pour le service. Là, on allait m'apprendre à filer doux. À travailler. Le matin ? Lavé à l'eau froide, allez zou, ça réveille ! Tu ne fous rien à l'école ? Très bien, tu vas dans un internat militaire. Où ? À Tulle ! Bon. Eh, rien ne t'intéresse, qu'est-ce qu'on peut faire de toi ? Silence. Si encore tu travaillais quelque chose ! Hein ? Tu le comprends, ça ? Silence. Ce « ça » me blessait. L'école ? Je n'y voyais que des êtres sans grâce. Le seul « professeur » qui m'impressionnait, détesté de ses collègues, haï des élèves, était un homme au physique ingrat, aux joues vérolées, qui enseignait l'espagnol. Dans sa classe, nous croulions sous les punitions. C'était un maître. Cervantès. Goya. Qui n'étaient pas au programme mais qu'il commentait. Faisait revivre : « *… de dónde vienes, Simón ? Vengo de enterrar mi corazón…* » comme personne. Pourquoi ces vers ne m'ont plus quitté ? Près d'Antonio Machado, je retrouvais l'odeur d'huile d'olive de la pension, à Sitges. La serveuse me passait encore ses doigts dans les cheveux, comme aurait pu le faire ma mère. Tandis que je sentais chez les autres enseignants vanité, paresse et l'infâme certitude d'être élus. Foutu pour foutu, autant devenir un apprenti soldat à Tulle ! Plus tard, j'irais à la guerre. Mort au champ d'honneur. Avec le bol que j'avais. Oui, bon, et alors ? Le soir, je fis mon sac. Le lendemain, le train. Seul. Et là-bas, à Tulle, soldat, oui mon garçon, boule à zéro. J'avais 13 ans. Tôt le matin, je quittai ma chambre un sac à l'épaule, plus de maison. Mon père m'attendait, c'est lui qui devait m'accompagner à la gare. Il me vit perdu, résigné. Il me prit dans ses bras, chose qui n'arrivait pas, et murmura :

« Non, allons, c'est impossible, tu restes. »

Ici s'achève la trace du XIXe siècle dans la couenne tannée des tribus du Sud. Adieu, société radicale-socialiste, patriarcale, chrétienne où chaque village a son café. Dans le transistor, on explique que le mot « yéyé » vient de l'anglais *« yes yes »* qui veut dire « oui oui ». Nous serons donc yéyé, quelle joie pathétique, et puis, détail, contrairement aux pronostics pessimistes du personnel enseignant, je suis reçu au BEPC. Mon père est content. Pour une fois. Et maintenant ? J'annonce que, si c'est possible, ça me plairait, je veux bien aller « aux Beaux-Arts ». Ricanements de la famille. Tu ne te prends pas pour Picasso quand même ? Personne, dans la famille, n'aime sa peinture, au Picasso, c'est… « Allez, hop ! Je te barbouille un truc ! Tarif : Un million ! » T'as des gens qui ont du pognon à foutre par les fenêtres… Nous ? Pas si bêtes. Bon, écoute, on va te mettre à Carcassonne, interne dans un lycée technique qui vient d'ouvrir, c'est l'avenir « le technique », tu comprends « ça » ? Tu auras un métier. Tu iras travailler à Sud Aviation ! Bon bon.

J'ai 15 ans. Et je quitte *L'Ensouleiado* où jamais ma mère n'est entrée. Je vais continuer une vie d'adolescent absent et, d'une année sur l'autre, être viré sans bruit de toute une série d'établissements pour élèves à la dérive. Tout ça ? « Ça » ne m'intéresse pas. J'aurai visité le Languedoc et fini en Provence… Un garçon, comment dites-vous ? Ah oui, lui… On a l'impression qu'il s'ennuie à mourir, que rien de rien ne l'intéresse. Et il est au fond de la classe, invisible. Quelques hirsutes de mon âge tendent le pouce sur la nationale 113.

« Eh, tu vas où ?

— À Katmandou.

— Ah oui, c'est loin, non ?

— J'ai le temps », rigole l'hirsute.

Bon bon. Classe de dessin d'art. Le professeur m'interpelle.

« Tu le fais exprès ? Tu peins les champs en vert et bleu ? Pourquoi ? Quoi Van Gogh ? Ça n'est pas “ça” la consigne ! C'est le ciel qui est bleu ! Écoute, si “ça” ne t'intéresse pas, ne viens pas, reste à l'étude ! »

Non non, je recommence…

Roger adhère au Parti socialiste.

Ça n'est plus le régime calibré des camarades mais ça y ressemble. Les affaires vont mieux, la classe ouvrière s'éloigne, maintenant. Eugénie fait tourner la maison. Ma petite sœur est bonne élève. Le chien, un bon chien. Raoul Franc Bataillé vient de mourir et avec lui les allures du paysan du Sud qui eut 16 ans en 1900, cette sombre façon de ne rien demander, de ne rien attendre, de rouler une cigarette. Roger achète une 404 Peugeot et une tombe dans le nouveau cimetière. Il y dépose son père et va, dans le vieux tombeau des Ancely, récupérer la dépouille de Renée. Il fait beau. Les cyprès dansent dans la tramontane et l'employé lui apprend que le cercueil a bien souffert. Qu'il a regroupé les restes dans cette petite boîte, là, sur la brouette. Alors Roger prend les bras de la brouette en place de l'homme qui proteste et, c'est lui qui raconte, « … je poussais devant moi, comme le maçon que j'ai toujours été, une petite boîte quelconque contenant les pauvres traces de celle qui fut toute ma vie ».

Il a aussi fait installer la télévision.

Posée sur une chaise dure à un mètre de l'écran, lunettes sur le nez, Eugénie sourit « aux variétés ». Ma petite sœur est dans sa chambre. Elle lit, comme toujours. Et lui regarde le chanteur Adamo sans le voir. Il a entamé une correspondance avec une femme. Quelqu'un de bien, qui viendra bientôt. Ça n'est pas encore sûr. Eugénie le félicite, c'est une bonne nouvelle.

« Je suis vieille, je ne pourrai pas m'occuper de la petite et de toi longtemps encore. Mon temps d'aller au cimetière arrive. »

Je suis de retour pendant les vacances.

Roger m'a prévenu.

« Tu pourras essayer d'être gentil ? Une personne que j'ai connue va venir. Nous allons la recevoir à la maison. C'est important pour moi. Ta grand-mère et ta sœur sont prévenues aussi. Elles sont d'accord.

— Bien sûr que je vais être gentil, tu te méfies tellement de moi ? »

Oui, il se méfie. La personne est grande, aux yeux bleus, elle a l'accent des gens de Paris. Elle est élégante. Une femme des villes. Elle prend par l'épaule ma petite sœur, qui n'en revient pas d'être si considérée, qui est au bord des larmes. Roger est intimidé. Pour le coup, il a perdu sa voix de militant qui explique l'état du monde à ses frères du Parti. La voyageuse est accompagnée de sa sœur aînée. « Qui aime beaucoup les chiens comme votre chien. » Je les sens embarrassées. Il est clair qu'elles ne s'attendaient pas à « ça ». On déjeune dans la cuisine, ma grand-mère a mis les couverts que l'on ne sort jamais. Les couteaux ne taillent pas. On boit dans des verres à pied absurdes. La conversation ne prend pas. L'aînée me demande ce que je veux faire de ma vie. Je suis incapable de répondre. Madame, je n'ai pas de vie.

Je fais là où l'on me dit de faire. Cela n'a pas d'intérêt. Voilà ce que je ne sais pas encore répliquer. Comme je ne veux pas gêner, je regarde mon père et lis dans son regard un zeste d'inquiétude. Je dis une banalité. Si Roger est capable d'écrire une jolie lettre, la réalité de notre vie indique autre chose. Des signaux faibles, traces d'une ancienne tristesse qu'elles ignorent, ajoutés au spectacle d'un homme veuf, de sa mère habillée de noir, dans ce Sud qui ne ressemble pas tout à fait à la « Riviera », les deux voyageuses devinent le naufrage. Elles partent en embrassant tout le monde. À bientôt, à bientôt. Elles ne reviendront pas.

Quelques années plus tard, Roger se mariera enfin avec une sorte de petit oiseau déplumé, sans grande envergure. Native d'Épernay, son identité, sa fierté, pays de grands vins, dit-elle. Un pauvre, charmant complexe de supériorité, champagne oblige, emmaillote son cœur. Ce Sud, elle ne le comprend pas, jamais elle ne s'y sentira chez elle. Vaille que vaille, avec courage, quelques larmes aussi, elle s'en accommodera. Que son mari écrive de la poésie, qu'il s'intéresse à la politique lui passe bien au-dessus de la permanente Régé Color. À elle, je dois un grand merci. Au retour de dix-huit mois d'armée en Allemagne, qui fut mon université, et après quelques jours passés à leur table, j'annonçai à mon père que je partais pour Paris.

« À Paris ! Pour quoi faire ? »

Je réponds que je ne sais pas, que je trouverai. Il est contre.

« Tu as de l'argent ?

— Non, je n'en ai pas.

— Ne compte pas sur moi pour t'aider. »

C'est dit. Je me lève de table, je sors de mauvaise humeur, le petit oiseau d'Épernay me suit. Elle va fouiller son sac et me tend en silence 400 francs, l'équivalent de 60 euros. Je la serre dans mes bras. Pas un mot. Le soir même, je monte dans le train. Le billet m'a coûté 180 francs. À nous deux, Paris. Avec 220 francs en poche, je me sens invincible.

Ou presque.

Enfin, pas vraiment.

Mais c'est une autre histoire.

Ils voyagèrent.

Un été, ils iront en Alsace. On mange bien. Bretagne ? Des fruits de mer, Roger se régale, il manque s'intoxiquer. Les moules. Un autre été au Pays basque. Très joli, on y mange très bien. Je recevais des cartes postales assez laides, que le petit oiseau rédigeait d'une plume appliquée : « Beau temps, on se repose bien. » Roger signait en dessous comme il signait ses chèques à la banque. Il serait facile de résumer ces dizaines d'années à peu de choses, puisque ce rien-là, les photos qu'ils firent l'un de l'autre en sont la preuve.

À quel moment s'éclipsent en douce nos vies, faites d'instants magiques, aventureux, où l'inattendu, l'émerveillement, l'effroi, le cœur qui bat nous bousculent ou nous débarquent à vive allure ? Serait-ce quand une photo abandonnée dans une boîte à chaussures indique, à la coupe d'un chandail trop porté, à la terrasse du café d'une ignoble banalité, aux sourires d'amis dont on a oublié le nom, que rien n'avance plus, que demain sera aussi bête qu'aujourd'hui, que c'est fini ? Vieillir. Se souvenait-il, Roger, de la traversée de la Loire, de la petite fille si vive, assise dans la barque et qui fit une carrière époustouflante à Broadway, plus tard, bien plus tard ? De la « piroguière » morte aux champs d'honneur sans honneur en 1941 ?

Ils vieillirent.

« Pourquoi parles-tu de tout ça ? me dirait-il, tu n'es pas gentil. » J'en parle parce que je ne saurais faire autrement. Parce que les pique-niques au gouffre de l'Œil doux, trou d'eau dans les garrigues en allant vers Saint-Pierre-la-Mer, quand nous étions si pauvres, étaient ma joie d'enfant. Parce que tu avais alors cette camionnette en mauvais état, qui toute la semaine transportait tes sacs de ciment, et le dimanche grimpait chaque virage dans les pinèdes de La Clape, crachant du noir, au bord de rendre l'âme et pourvu que les freins tiennent. Parce que, serrés dans la cabine, ma petite sœur sur les genoux de notre mère et moi au milieu, face au levier de vitesse, les pieds posés sur l'énorme capot qui cachait le moteur, nous étions vivants, émus de chaque instant passé quand il faisait beau, craignant seulement que le ciel, qui nous ignorait, nous tombe sur la tête. Ce qu'il fit. Instants qui furent de parfaits instants dont je porte enfin témoignage. Celui d'un simple Éden ouvrier mort, fini, terminé. On ferme. Et aussi parce que nous avions un seul cœur, si peu d'intérêts bien compris. Parce que dans la descente vers la mer, ma mère inquiète disait toujours à un moment ou l'autre :

« Ça sent pas le chaud un peu ? Fais attention, ne brûle pas les freins… »

Et ma sœur, de sa petite voix d'enfant effrayée, reprenait :

« Oui, je sens le chaud, moi aussi. »

Parce que tu as fait ce que tu as pu. Que c'est notre lot à tous. Tous. Y compris pour les crapules. Et, mon Dieu, tu n'y pouvais pas grand-chose. Les voyous du Parti, les braves gens amateurs de lendemains qui chantent, sont les cocus de l'histoire. Et oui, ça sentait de plus en plus le chaud. Et derrière tous ceux-là se lèveront, se sont déjà levés, d'autres apprentis cocus, crapules à la petite semaine, sans compter les saints, les vertueux puants, prêts à en découdre, les amis éternels autoproclamés, de la classe ouvrière.

Dont nous ne sommes plus.

Dieu merci.

Roger ne voit plus beaucoup son fils qui vit à Paris maintenant. Une vie de bâton de chaise. La vie d'artiste, rien que ça, qu'est-ce que c'est ? On lui raconte, ici ou là, qu'il fait des trucs « dans le dessin ». Sa timidité l'empêche de se réjouir, et puis le garçon est devenu snob comme un pot de chambre. Les gens du village qui veulent lui parler lorsqu'il réapparaît dans le secteur en sont pour leurs frais. Il balance des blagues qu'ils ne comprennent pas. Ça ne fait pas plaisir. À Roger non plus. Avec cet enfant, il y a toujours « quelque chose qui cloche ». Comme s'il avait honte de nous… La petite, elle, vit à Montpellier, elle a un bon métier. Dans l'administration. Elle est concernée par l'état de la planète. Elle est abonnée au *Monde* et *Télérama*. L'humilité, vraie douceur à quatre sous, elle n'en manque pas. Elle est syndiquée, influente, concernée. Roger Alphonse et sa fille sont complices, très proches. Ils se comprennent, c'est bien, « ça ». Il n'y a, entre eux, aucun désaccord. Même s'il arrive qu'elle soit d'un coup, sans raison apparente, d'une humeur sombre. Comme si la bête dans la jungle qu'elle seule soupçonne, aperçoit – tapie dans les feuilles et patiente –, allait lui sauter dessus. Voilà. Comme prévu. La laissant désemparée, lointaine. Comme si de vieilles plaies venaient de s'ouvrir une fois encore, des tristesses indéchiffrables. Elle se bourre de chocolat noir. Roger voudrait l'aider. Comment faire ? Il ne sait pas, ça le bouleverse. Il retrouve alors, près de sa fille aimée, la voix qu'il eut quand vinrent en visite les deux dames de la ville, une voix un peu plus haute, faible. Il s'inquiète, bien sûr.

« Ah ? Tu es allée voir un psychologue, dit-il, et pour quoi faire ? Tu as un bon métier. Un bel appartement avec une grande terrasse où tu as mis des plantes. Tout pousse. Tu as la main verte. C'est bien tout ça, tu sais. Et… tu n'es pas contente ? »

Il lui suggère d'appeler son frère, à Paris, pour qu'il l'aide, je ne sais pas, moi. Et la petite répond qu'il a, lui aussi, son lot de soucis. Sur son agenda, elle barre les semaines où elle a juste noté : « Rien. »

« Tu as des amis ? demande-t-il.

— Bien sûr, s'amuse-t-elle, qu'est-ce que tu crois ? »

Un garçon, qu'elle n'est pas pressée de lui présenter. Il ne comprend pas. Ses enfants sont si difficiles. Le petit oiseau d'Épernay le console, ça va passer. Il a 60 ans maintenant. Elle et lui font des voyages en autobus avec « des gens d'ici », de leur âge. Ils vont visiter des « sites ». Dans la boîte à chaussures, je retrouve des photos où il porte un chapeau pointu et souffle dans une langue de belle-mère. Près de lui, le petit oiseau est hilare. Ils sont sur la Costa Brava. « On a bien mangé. »

Quand je reviens chez lui, je sens encore cet embarras. Cette distance entre nous.

« Tu n'as rien à nous raconter », me dit-il.

Il dit nous là où il devrait dire je. Il n'aime « pas trop » les femmes qui m'accompagnent, mais il fait bonne figure. Quelques-unes arrivent, non sans efforts, à traverser cet océan de réserve. Il parle alors volontiers, de la classe ouvrière. De ses espoirs, de ses peines. De lui ? Non non. Il n'est rien et porte ce rien comme un titre de gloire. Un jour, il me reproche de ne m'intéresser qu'aux étoiles, sans voir, dit-il, le grillon, là, dans l'herbe. « Baisse un peu la tête. » Le grillon, c'est lui. Il écrit encore de longs poèmes en patois languedocien et me demande, « puisque tu dessines », d'illustrer la couverture du livre à venir, d'un grillon justement, comme a pu le faire Gustave Doré pour les fables de La Fontaine. Je m'exécute.

« Ah ! dit-il, je ne l'aurais pas vu comme ça. »

Il trouve que le grillon, comment dire… Il est déçu. Je souris.

« Si tu veux, je recommence.

— Non, non, ça ira. »

Il est devenu secrétaire des Anciens combattants et le 11 novembre, il fait silence quand sonne le clairon. Les huiles du canton l'entourent, je pense à lui dans les pylônes de sa jeunesse. Tout arrive. Il va écrire un livre sur sa vie. Je le félicite.

« Tu me fais plaisir, dit-il, je ne m'attendais pas à ton soutien, j'espère que tu me liras. »

Je promets.

Souvent, le petit oiseau et lui prennent l'auto. Ils vont jusqu'à Montpellier pour visiter ma sœur qui est très bien installée, me dit-il, dans sa résidence.

« Nous sommes allés déjeuner à Palavas-les-Flots. Il faisait beau. On a bien mangé dans une pizzeria. Tu devrais parler avec ta sœur, elle n'est pas bête, tu sais. Bien sûr, elle ne connaît pas du monde comme toi… »

Suit un blanc. Je ne m'attarde pas. Il m'a demandé de lui trouver un éditeur, à Paris, pour « son livre ». Je lui propose de poster le manuscrit, puisque tout le monde fait ça. Il se cabre. Je lui explique que je ne suis pas si influent. Je rédige sa « lettre d'introduction ». Ça partira par la poste, tout va bien. Plus tard, il recevra une réponse charmante d'Antoine Blondin assortie d'un refus poli. D'autres refus suivront. Et plus tard, j'arrive à le convaincre d'éditer lui-même en s'appuyant sur un imprimeur d'ici. Ses lecteurs sont ici, qui parlent, respirent comme lui. Le journal local lui consacre une page entière. Le maire, le Parti le soutiennent. *Le Chemin de la Condamine* est un succès. Il est content. Il dédicacera son livre aux gens du coin dans une salle mise à sa disposition. Un autre suivra. Puis un recueil de poésie. On l'accoste dans la rue pour le féliciter.

« Tu vois, me dit-il, ils sont gentils, les gens. Tu es gentil avec eux, ils sont gentils avec toi. »

Voici donc le grand secret. Aimez-vous les uns les autres.

Ce matin, on a sonné à ma porte. J'habite, à l'entrée de la rue du Faubourg-Saint-Denis, un appartement perché. Le quartier est dédié aux putes, aux dealers, aux Turcs, aux dingos, aux Tamouls, aux branchés. Les soirs d'été, une sourde lueur embrase ce ventre de la ville. Ça baise, se saoule, se tabasse, se défonce. Et, tôt le matin, les marchands de quatre saisons crient la splendeur de leurs tomates, au cul de leurs charrettes à bras. Les malfaisants sont allés dormir. Les ivrognes comateux trempent leurs gueules bouffies dans l'eau du caniveau. Les Krishnas font sonner clochettes et tambourins sur le trottoir. Paris est une fête. Ma petite sœur est venue me voir. Nous passerons quelques heures ensemble. Elle aime l'appartement, ma vie débraillée, les photos punaisées à la va-vite aux murs blancs, la terrasse ouverte d'où l'on entend le souffle de la rue.

« Ça fait Espagne, dit-elle.

— Sitges ? »

Elle pleure. Je ris d'elle. Elle s'arrête, secoue la tête et sourit. Il me semble que nous n'avons pas eu la plus mince conversation depuis qu'elle a 10 ans. Elle en a 34 maintenant. Quelque chose de tendre nous réunit enfin. Comme si nous étions arrivés sur un belvédère d'où, après une marche éprouvante, le regard s'abandonne jusqu'à l'horizon. Et tout au bout, nous apercevons encore notre enfance. Elle se moque d'elle-même, de sa dépression permanente, elle prétend que sa vie n'est pas grand-chose. Je frissonne.

« Mais, s'amuse-t-elle, je me bourre de chocolat, ça me soigne. Je dois manquer de magnésium. »

Elle regarde les livres qui couvrent les murs.

« C'est toi qui m'as fait découvrir Carson McCullers, me dit-elle, tu te souviens ? Non, tu oublies tout. Je sais, je sais, tu ne voulais pas de nous. Tu nous as fuis. Tu as eu raison. C'est bien, chez toi. Je n'imaginais pas quelque chose comme ça. Quelle bonne surprise. Je suis contente. »

Ma sœur. Je me souvenais d'elle petite fille. Menue. Avec des nattes à ruban, une frange brune et des oreilles décollées qui lui donnaient du charme. La seule chose que nous ayons eue en commun, c'était des taches de rousseur. Sur le nez. Rien de plus.

Ma sœur. Et, la voyant là, émue, assise à ma table, nez en l'air, j'entends chanter le torrent sous les noisetiers…

Voici l'été à la montagne, j'ai 9 ans et depuis deux mois je suis pensionnaire dans un home d'enfants, pour petits malheureux maigrichons qui ont viré la « cuti-réaction ». Il se pourrait que je sois plein de bacilles, de tuberculose, et l'on m'a envoyé au bon air des sommets pour respirer à pleins poumons. Je mange bien, je dors bien, je chante en canon, je fais de longues promenades sous les grands arbres, en rang. Ma monitrice me sadise au prétexte que ma tante Marie-Jeanne, qui est cuisinière « en chef » dans l'établissement, lui a parlé pire qu'au chien. Donc acte.

Et rancune.

Marie-Jeanne, largement fofolle, charmante, avait aussi le caractère des Franc. Ayant tôt pris l'habitude de faire souffrir des brouettées entières d'hommes faibles, soit riches, soit un peu Prosper Yop-la-boum, elle, Marie-Jeanne, célibataire revendiquée, gagnait bien sa vie en saison. Le filet de rosbif aux champignons de Paris sauce béchamel, pommes allumettes à ma tante Marie-Jeanne : im-pec. Et cette année, elle fait l'été, un remplacement au home de Claire-Fontaine, où je « réside » en tant que résident. Je ne tousse plus. À part ma saleté de monitrice qui me tord l'oreille à la moindre occasion, tout le monde est gentil. J'ai un rôle de méchant de pacotille dans le spectacle de théâtre. Parfait. Aujourd'hui, mes parents et ma petite sœur sont venus avec la camionnette à plateau pour la visite au grand malade du poumon. Les miens sont endimanchés, c'est normal, c'est dimanche. Il va bien. Il va s'en sortir. Tiens, allons faire un tour au bord du torrent, la montagne est si belle, il y a des noisetiers partout. Mettez-vous là, les enfants. Souriez. C'est joli, le torrent, non ? Et l'eau est si claire. On fait encore une photo, les enfants ? Et là, l'acteur de théâtre que je suis devenu, sûr de son rôle, s'écrie :

« On va se mettre au milieu du torrent ! Sur la grosse pierre, avec de l'eau partout ! »

En trois bonds je suis à mon poste. Je houspille ma sœur pour qu'elle me rejoigne, elle saute sur la première pierre, puis sur la deuxième, et elle échoue sur la troisième. Glisse. Elle tombe dans le torrent qui l'emporte. Panique. Mon père court sur le bord tandis que je reste sidéré au milieu de l'eau qui gronde. Il pêche sa fille un peu plus loin. Elle sort de l'eau étourdie, elle a bu la tasse. Toute la famille me regarde comme un sacré fouteur d'embrouilles. L'eau est froide, on déshabille la petite qui grelotte de trouille. Elle dit en me montrant :

« C'est pas sa faute, papa, j'ai glissé. »

Sa robe est trempée, il faut lui en acheter une autre. Si tu crois qu'on peut encore dépenser des sous. C'est malin. Il ne manquait plus que ça. Elle ne peut pas se promener en culotte en attendant que la robe mouillée sèche. Mais quelle plaie ce garçon, tu cherches toujours la bêtise à faire. On vient te voir et toi…

« C'est pas sa faute, papa. »

Ma sœur est maintenant au balcon de l'appartement rue du Faubourg-Saint-Denis. Tranquille, amusée par la bêtise, la fourberie, l'incompétence, elle aimait son père, sa mère et ne s'agaçait pas d'avoir le frère aîné que j'étais, brouillon et instable. Elle voyait le pauvre monde du bord de l'œil, savait que le désordre est l'état naturel des choses. Elle épousa sans effort les idées de son père. Elle serait un bon petit soldat. Sans illusions. Un fait divers la faisait rire, le voici. En voiture, un type ivre accroche une passante, s'arrête puis il la charge (la malheureuse est dans les pommes) dans le coffre de sa voiture et va la déposer plus loin dans une décharge publique. Rien ne semblait l'étonner de la laideur, de la vilenie. En cela, elle avait hérité du caractère Bataillé. Rien ne la surprenait de la rudesse de la vie, fertile vallée de larmes. Un autre jour, elle avait pris en stop dans sa 4L – elle embarquait souvent des jeunes gens en stop – un groupe de trois à sac à dos et ceux-là, par un hasard incompréhensible, s'étaient mis à parler des dessins que je faisais alors dans les journaux. Elle les avait écoutés sans commenter, n'avait pas jugé utile de se présenter.

La vanité n'était pas sa plus grande qualité.

Jamais je n'oublierai cet après-midi où je l'avais vue assise au jardin, regardant devant elle, calme, absente et, m'approchant, j'avais lâché :

« Qu'est-ce que tu fais ? »

Alors elle avait levé les yeux vers moi, ses grands yeux noirs, et m'avait répondu dans un murmure neutre ce « J'attends… » qui m'avait glacé. Que j'entends encore. Mon Dieu, ayez pitié. Nous fûmes deux enfants presque noyés, remontant terrifiés du plus profond de la mer vers la lumière, uniquement occupés à retrouver l'air libre. Afin de respirer. Nous n'avions pas eu, durant ce terrible voyage, la force de nous hisser l'un l'autre, de nous parler, de nous consoler. Voilà. Survivre. « Tu exagères », m'aurait-elle dit.

Un peu plus tard, je la raccompagne à la porte. Nous nous promettons de nous voir plus souvent. Nous avons tant de choses à nous dire. Après quelques marches descendues, elle a levé la tête, elle a juste chuchoté :

« Ne change rien. »

Le téléphone a sonné ce matin.

C'est l'hiver.

Roger a la petite voix des mauvais jours.

« Ta sœur a fait une fugue », dit-il.

Suit un long silence.

« Une quoi ?

— Oui, une fugue, dit-il encore. Elle s'est levée cette nuit, je n'ai rien entendu. Je dormais alors que d'habitude je ne dors pas. Je m'en veux, si tu savais. »

Sa voix se brise, il a du mal à parler.

« Comment, une fugue ? dis-je brutalement. Ça veut dire quoi, une fugue ? Elle n'est ni un chien ni une enfant !

— Les gendarmes viennent de venir, il ajoute. Ils m'ont rapporté une de ses chaussures. Bien sûr que je l'ai reconnue. Ils ont jugé que c'était mieux que d'aller voir son corps. »

La première image qui me vient à l'esprit alors est celle de ma mère. Elle vient de me foutre une raclée magistrale, elle s'est tordu le poignet et pleure de dépit, de fatigue : « Cet enfant a le diable au corps, un jour, j'en aurai tellement marre, j'irai me foutre sous le train. » Je reste dans un angle de la pièce, la mine renfrognée, à frictionner mes cuisses rougies. Je n'aimerais pas qu'à cause de moi, bon, j'ai le diable au corps, c'est dit, mais quand même, sous le train, elle y va fort. Ça me briserait le cœur. Dans les campagnes du Sud, on se pend dans l'écurie sous les yeux du cheval Pompon et si le chemin de fer est proche, alors… *L'Ensouleiado* est à deux pas de la voie ferrée et cette nuit, ma petite sœur a décidé de finir sa vie sous le train. La cure de chocolat n'aura pas suffi.

Cette fois, j'ai le cœur en lambeaux.
Roger Alphonse est dévasté.

Il aimait tant sa fille, il a l'impression d'être trahi.

« Je n'ai rien vu venir, dit-il, c'est tous ces psychologues qui l'ont détraquée. Pourquoi est-elle allée voir ces gens ? »

Je me tais. Je ne compatis pas, les larmes amères des pauvres gens m'ont toujours soulevé le cœur. La morve, les lamentos, les regrets éternels, les yeux mouillés, non merci. Moi qui n'ai pas de cœur, je me sens coupable. L'histoire est ancienne.

« Respirez, les enfants », nous disait Renée sur le sable, alors que ses poumons brûlés l'empêchaient, elle, de sentir l'odeur divine de la Méditerranée.

Dois-je le dire ? Depuis ce temps-là, contrairement à sa recommandation, nous n'avons pas si bien respiré. Je peux même dire que nous avons retenu notre souffle. Des années durant. Faisant semblant d'être dans le monde des vivants, puisqu'il s'agissait de ça. Comme savent le faire de pauvres bêtes traquées, baissant la tête et fermant les yeux pour que, mon Dieu, Tu nous oublies. Tu nous foutes la paix. Elle a fait une fugue ? Que dalle. Elle est morte de solitude par une nuit d'hiver. Elle n'a pas fait de fugue même si, d'une certaine manière, elle était en fuite depuis le jour où, dans la cour de l'école, une autre enfant perverse est venue lui annoncer la pire nouvelle de sa vie. Il y a des choses qu'on ne saurait entendre.

Voilà, sois tranquille, Simone, ça n'arrivera plus.

Ils voyagèrent.

Je l'ai déjà dit. Genève, le jet d'eau, le lac. Le tunnel du Mont-Blanc. L'Italie jusqu'à Venise. Forcément. Ils trouvèrent les spaghettis pas assez cuits. « On a mal mangé. » La boîte à chaussures se remplit d'images sans âme. Le temps passa. Le petit oiseau d'Épernay maigrit, rétrécit lentement. Comme si déjà, elle cherchait une position confortable pour occuper sa tombe. Roger me téléphonait :

« Alors, tu fais du cinéma, maintenant ? Tu es le seul enfant qui me reste, disait-il, je n'ai plus que toi. Je suis en train d'écrire la suite du *Chemin de la Condamine*. C'est bien, tu sais. »

Ses vanités m'attendrissaient. J'entendais un homme blessé, réclamant un supplément de tendresse. J'étais loin.

Affectueux ? Je ne l'avais été ni dans mon jeune âge, ni plus tard. Toujours, j'ai déçu les miens, comme c'est triste. Mais quels espoirs bâtissent donc père et mère, scrutant les premiers pas de leurs enfants ? Qui sait reconnaître l'instant où nos destins, une fois venu ce « plus beau jour de la vie », basculent vers l'ombre, l'oubli. La fin des haricots, comme disait Eugénie. Fut-ce, ce plus beau-là, à l'été où ils furent jeunes, sur la plage de Saint-Pierre-la-Mer, ravis, me tenant la main pour m'amener, comme pour m'offrir, tremper mes pieds dans la Méditerranée éblouissante de lumière ? Je me souviens ! Et le rire de Renée lorsqu'un enfant sortant de la « grande école » où nous venions d'entrer vint lui tirer la manche :

« Madame ! Il est premier de la classe, votre fils ! »

Je m'en souviens ! Et le cadeau, à la suite de cet exploit, cette grande boîte d'aquarelle.

« Vous savez qu'il a le don. Vous avez vu, votre petit, les dessins qu'il fait ! »

Ce fut un feu de paille.

L'année suivante, le petit de 7 ans plongea de la première à l'avant-dernière place. Non pas la dernière, on a sa dignité. On s'étonna. Il n'écoutait plus rien. Il était devenu grincheux. Imprévisible. Une fois par mois, il menaçait : « Je pars pour toujours » et disparaissait, emportant un morceau de pain. On le cherchait. On demandait aux voisines si elles n'avaient pas vu cet enfant qui avait le diable au corps. Et quand Roger le trouvait enfin, caché dans les roseaux au bord d'un ruisseau, le petit prenait une raclée.

« On va te foutre dans une maison de correction ! Ta mère pleure, tu le sais, "ça" ! Tu veux la faire mourir, ta mère ? »

Pauvres parents. Sans doute aurais-je aimé rester un bon élève, pour ne pas faire mourir ma mère, mais quelque chose avait été brisé qui ne reviendrait plus. Plume, dans l'escalier, m'avait chuchoté en faisant attention de n'être entendue par personne :

« Tu ne sais pas ce qui t'attend, ils vont te foutre au psychologue et peut-être à l'asile de Limoux, avec les dingos qui peuvent plus s'échapper. »

« Aux fous », comme le frère de l'oncle Achille qui y termina sa vie, après avoir passé des années à la maison, au fond du jardin, à regarder les voies du chemin de fer, la gare. Avec une casquette de contrôleur. Mon grand-père Louis lui avait aussi donné un sifflet et Pierre, il s'appelait ainsi, sifflait tout le jour pour faire arriver et partir les trains… « Au psychologue » où j'atterris enfin, je fis des tests : séparer des carrés et des rectangles. Des ronds et des demi-ronds. Je comprenais que l'on me traitait juste comme un crétin demeuré. Quand l'infirmière eut fini, elle rangea ses gommettes et j'attendis dans le couloir. « Le docteur va venir. » Dans son bureau, il me demanda comment j'allais, « mon bonhomme ». Je regardais la pièce, une vitrine où trônait un gros livre, l'œuvre illustrée de Rabelais ; ça avait l'air bien.

« Tu ne réponds pas ? »

Alors je lâchai :

« Comment c'est à Limoux ? À l'asile des fous ? »

Il leva les sourcils puis se concentra sur les résultats de mes tests, crayon à la main. Rabelais m'intriguait. J'avais entendu parler de Pantagruel et de Gargantua par mon grand-père Raoul lorsqu'il mangeait du boudin frit. Le plat préféré des Bataillé. Et puis l'homme, le docteur, me dit :

« Comment ça va avec ta mère ? »

Et, après un interminable silence, je m'entendis répondre :

« Je crois qu'elle est malade.

— Ah. Tu sais ce qu'elle a ? »

Muet, tourmenté, je regardais la pointe de mes chaussures. Et sans que j'y prenne garde, des larmes que je tentais de retenir se frayèrent un chemin le long de mes joues.

Comme la maison de Virginie était à 2 kilomètres du centre-ville, y aller à pied était toujours une affaire. Et Renée était souvent fatiguée. De plus en plus. La famille lui offrit « la » Mobylette. Marron. Équipée d'un vaillant petit moteur qui crachait un mince filet de fumée blanche.

Une selle Wolber, large, confortable. Des sacoches en toile. Alors elle nouait son foulard, chaussait ses lunettes noires, elle allait faire les courses. Tout devenait facile. Elle ne pouvait pas transporter ses enfants, puisqu'il n'y avait qu'une selle, le porte-bagages était en tôle sévère, on n'avait pas encore inventé la « selle biplace ». Je crois qu'elle aimait beaucoup sa Mobylette et puis, ça lui allait bien. J'avais une mère moderne.

Comme chaque été, j'étais expédié en colonie de vacances. Au bord des étangs. Au pied de la falaise de Leucate. À La Franqui. À 60 kilomètres de la maison par la nationale 9, en allant vers l'Espagne. De rudimentaires baraquements de bois, un sol en ciment, au bout du dortoir une sorte de long abreuvoir de métal et, au-dessus, un tuyau percé de mille trous. Là, nous faisions notre toilette au gant. « Et frottez bien les oreilles, les enfants, ou sinon, il vous poussera du persil. » On traversait l'étang à pied, en faisant attention de ne pas marcher sur des crabes attaqueurs d'orteils, on allait se poser au lido de sable. On laissait nos affaires autour du fanion « Dortoir 4 ». Au coup de sifflet on allait se jeter dans la mer, cernés par une corde et des flotteurs de liège. Tous les enfants de Lézignan-Corbières en horribles maillots tricotés main ont connu ce régime, certains avaient des sortes de bonnets, des calots de nageurs de compétition d'avant-guerre, les premiers bobs de l'armée américaine avaient aussi fait leur apparition. On chantait en canon

« Chut plus de bruit, c'est la ronde de nuit… » le soir à la veillée. Et le jour, en traversant en rang par deux la station balnéaire au pied de la falaise, c'était : « Dans la troupe, y a pas d'jambe de bois, y a des nouilles… » qui ravissaient les estivants. Sur la plage, on préparait des pyramides humaines pour la fête de la colo, clou de notre séjour. Les plus petits en haut de la tour chouinaient de trouille. En tout, nous étions une centaine d'enfants à brailler plus fort que les mouettes. À 16 heures, goûter à la barre de chocolat fondu, à cause du soleil ardent, et pain sec au sable, à cause du vent. On buvait du coco, breuvage cité plus haut. Du coco tiède qui était immonde. Et un matin, on vint me prévenir :

« Tu ne vas pas à la mer avec le dortoir 4, ta mère vient te voir, tu passes la journée avec elle, tu as de la chance. »

Qui, moi ? Et pourquoi ?

Elle était venue avec sa Mobylette. Arrivée vers 11 heures. Seule. Elle avait roulé sur la nationale 9 dans le terrible trafic de camions espagnols qui crachaient une intense fumée noire. Elle avait fait ça. Le foulard, les lunettes de soleil, les sacoches remplies.

« Je suis venue voir mon garçon, me dit-elle, j'espère que ça te fait plaisir. J'ai préparé des sandwichs au jambon, avec beaucoup de gras comme tu aimes et un flan comme dessert. J'ai apporté de la limonade. On va manger tous les deux. Tu veux qu'on aille s'asseoir dans la falaise ? »

J'étais stupéfait. Pourquoi était-elle venue me voir ? Je ne comprenais pas. Jamais aucun parent n'avait fait autant de kilomètres pour visiter son enfant. Elle allait sûrement me dire que c'était fini, que je serais rendu à la gitane à qui on m'avait acheté ou un truc comme ça. Sinon pourquoi ? Elle devait me revoir à la maison dans quinze jours, non ?

« Tu me dis par où aller ? Montre-nous le chemin. »

J'ai tendu le doigt vers là-bas. Et nous nous sommes mis en route. Loin vers la mer, ceux du dortoir 4 traversaient l'étang, on distinguait la petite colonne et nous, nous allions dans l'autre sens, vers la falaise. Nous sommes passés sous le couvert des pins parasols centenaires. Des cigales s'envolaient. D'autres chantaient. Je marchais devant, elle me suivait. Devant le magasin d'articles de plage, elle me dit :

« Tu veux que je t'achète une épuisette ? »

Une épuisette ? Pour quoi faire ? J'ai fait non de la tête. Plus loin, elle me dit :

« Tu marches vite. Attends-moi un peu. Je ne suis pas dans mon assiette, ces temps-ci, mais ça va passer. Tout passe. »

Sur la terrasse de l'Hôtel du Parc, les « messieurs-dames », « les riches », contemplaient la mer du balcon en fumant des cigarettes américaines.

« Viens ! On va regarder le menu, me dit-elle.

— On ne va pas aller manger là, dis-je, effaré.

— Tu ne veux pas ? me dit-elle en souriant. Toi qui es le fils du roi du Pérou enlevé par la gitane. Ils seront contents de servir Sa Majesté. Non ? »

Elle se moquait de moi.

« Mmm, dit-elle, la bouillabaisse a l'air fameuse. Attends, attends, je regarde les desserts… »

Plus loin encore, nous avons dépassé le Café bleu. En face, dans le terrain vague, stationnait un petit cirque minable. Une fillette de mon âge jonglait avec cinq balles. Elle s'entraînait. Une balle tomba à terre et roula jusqu'aux pieds de ma mère.

« Oh oui, c'est difficile, dit-elle en rendant sa balle à l'enfant. Mon garçon aussi sait faire ça, mais avec dix balles, c'est encore plus dur. »

La fillette me regarda, incrédule. J'étais rouge de honte. Puis Renée ajouta :

« Au revoir, mademoiselle. »

Elle riait doucement tandis que je marchais dix mètres devant, la mine renfrognée. Nous avons dépassé la Villa Madeleine où Henry de Monfreid, sur sa terrasse, lorgnait la ligne de côte comme tous les jours, l'œil vissé à sa longue-vue. Un peu plus loin commençait la falaise, sa partie sauvage. Elle choisit un rocher plat, en dessous d'un grand tamaris, un rocher juste au bord de l'eau, et ouvrit son sac. Nous allions déjeuner.

« Tu veux te baigner ? »

Je fis non de la tête.

« Tu vois, avec une épuisette, on aurait pu pêcher des crevettes et ça nous aurait fait une entrée. »

Elle avait emporté deux assiettes transparentes, en Pyrex. Des fourchettes pliantes. Elle mit la bouteille de limonade recouverte d'un linge à l'eau, tenue par une ficelle.

« Pour le frais. Je n'ai pas pris de gobelets, on boira à la bouteille directement. Tu es sûr de ne pas vouloir te baigner ? Tu as peur des pieuvres ? Moi aussi, j'ai peur des pieuvres. Tu ne vois pas qu'il y en a une ? Géante ? Qui sort de la mer pour nous emporter ? Demain, dans le journal, titre : *Drame. Le fils caché du roi du Pérou entraîné au fond de la mer par une pieuvre géante.* Après, tu deviens le capitaine Nemo, qui vit sous l'océan… Tu l'aimes le capitaine Nemo, non ? »

Elle se moquait de moi.

« Tiens, ton jambon. Tu vois, il y a beaucoup de gras, tu es content ? J'ai fait des œufs durs aussi. Du pain ? »

Dans l'après-midi, nous avons mangé une glace et bu un Pschitt au Café bleu. Puis nous sommes allés à l'étang. Le bord était un tapis de coquilles vides, détruites, et j'ai vu un poisson perdu, désorienté, qui cherchait à rejoindre la mer.

« Maman ! Là ! Le poisson ! »

Elle a couru dans l'eau en mouillant sa jupe, elle a couru en vain. Même asphyxié, dans quelques centimètres d'eau, le poisson parvint à se sauver. Elle revint trempée vers le bord et s'appuya sur une balustrade.

« Mais que tu es maladroite ! »

Elle ne me répondit pas. Plus tard, elle murmura :

« Bon, allez, je vais rentrer maintenant, je te ramène à la colonie. »

Le dortoir 4 était de retour au baraquement.

Elle remonta sur sa Mobylette, mit son foulard, ses lunettes noires, rangea ses sacoches, elle m'embrassa. Elle partit. Je suivis sa silhouette, le minuscule panache de fumée blanche disparut dans le virage, là-bas. Elle allait refaire du slalom parmi les pots d'échappements ignobles des camions espagnols, bousculée par le courant d'air des voitures. J'avais le cœur serré, je me fis l'effet d'être un affreux petit couillon. Qui gâchait tout. Je me détestais.

Je trouvais les miens si vulnérables, soumis, la vie si imparfaite.

« Mais qu'est-ce que je vais faire de toi, me disait ma mère, tu es en colère, contre tout, contre tout le monde, qu'est-ce que tu veux ? »

Il y eut aussi un gros type sur qui je tapai du haut de mes 10 ans. Ça se passa en août, au square, où tous les ans le comité des fêtes construisait une scène adossée à la façade du vieux bain-douche municipal. Venaient ici de grandes vedettes « de la chanson et du microsillon ». Et nous, ce soir-là, on s'habillait « en dimanche » pour aller au spectacle. Personne n'a oublié, j'en suis sûr, Gloria Lasso : « Prends ma main, car je suis étrangère ici, étrangère au paradis. » Violons, trompettes bouchées et tambourins. Langueur tropicale. Plume, ma cousine, à l'aube de ses 16 ans, devenue lascive et hors de contrôle, se prenait pour Gloria le mardi, pour Gina le jeudi et, allons-y tant qu'à y être, pour Dalida le vendredi. Elle se pavanait autour de la table de la cuisine, tartinée de rouge à lèvres :

« Eh, j'ai cousu moi-même mon étole. C'est moi qui l'ai faite, elle est bien, non, l'étole ?

— Oui, Plume, sur Dalida, mais toi, ça te fait bouboule. »

Plume me courait après en criant :

« Si je t'attrape, je t'étrangle ! »

Je me réfugiais en haut du figuier où elle était incapable de monter.

« Plume ? Pas avec l'étole dans un figuier, allons. Reste en bas, quand tu marches, on dirait une actrice. »

Par l'oncle de la mairie, on avait eu des places. Des bonnes. Mon père, ma mère, Plume l'étolée, choucroutée, maquillée comme un carnaval, jetait des œillades assassines à tous ces types avides de lui parler, qui lui auraient pris sa virginité et tout le reste si possible. Très, très lascive, Plume avait capté le message, elle ne répondait rien. Elle attendait ses 17 ans en soupirant, pour fumer comme dans les films italiens. On s'installait. Tout le bourg était là. Ceux des villages alentour aussi. La marchande de cacahuètes souriait en passant dans les rangs.

Derrière le grand rideau rouge, l'orchestre fameux de Jacques Hélian accordait les cuivres, les cordes. La plus belle soirée de l'année allait commencer. On sentait que le public s'était lavé les oreilles, les pieds, que les dames avaient sorti la grande tenue. Parfums mirobolants, éventails, pistaches grillées, Caza (l'apéro des champions) à la buvette et glaces en boules pour les petits debout sur les chaises. Tout y était. Un rêve. Enfin. Renée portait une robe claire qu'elle avait cousue elle-même d'après un patron de *Modes et Travaux*, une robe d'été sans manches avec un peu de dentelle à l'avant. Elle avait ramené ses cheveux noirs en arrière, retenus par un peigne de corne, un peigne qu'elle aimait, qu'elle ne portait que dans les grandes occasions. J'étais fier. Je nous trouvais bien habillés. Pour une fois, on n'avait pas l'air d'être des fauchés. J'aurais aimé avoir une montre moi aussi, de celle que l'on offre aux enfants pour leur communion. Mais, étant donné que je n'étais pas baptisé, pas chrétien à cause de l'amour pour Staline, que je n'avais jamais mis les pieds à l'église, je voyais les autres enfants alentour regarder ostensiblement l'heure à leur poignet juste pour me faire bisquer.

Quelques éclairs zébrèrent le ciel au loin, il faisait chaud, lourd, humide. Plume dit en clignant de l'œil :

« L'étole… Elle est imperméable, je suis tranquille. »

Et puis, tandis que l'orchestre s'accordait toujours, un coup de vent, un impromptu, un sauvage, traversa les platanes. La foule comprit. Ça n'est pas à la trompette solo que Jacques Hélian allait ouvrir la soirée mais au coup de tonnerre géant. *Badabang ! Ziiimm* (la foudre)… Le rideau de scène frissonna. Ensuite, les premières gouttes de pluie, de la taille d'une glace en boule, s'aplatirent sur les permanentes, les étoles, les costumes du dimanche, les décolletés, les montres de communion, les chemises « Dario Moreno ». La saucée venait de donner le programme. Les cris. Le public se carapatait dans tous les sens. Un bazar. De chaque côté de la scène, les fenêtres ouvertes à l'étage du bain-douche furent prises d'assaut par des échelles sorties de nulle part. Roger dit :

« Par là ! »

Des trombes d'eau noyaient la place. Au pied d'une échelle, il me hissa sur le premier barreau. Très vite, je fus en haut, à l'étage, j'enjambai la fenêtre. Sur le square, c'était la pagaille. Mon père parvint à monter, d'autres suivirent en jouant des coudes. Ma mère était dans la cohue. Elle grimpa à son tour et, quand elle arriva à la fenêtre, dans le fracas du tonnerre, un obèse à cravate, un membre du comité qui ne rigole pas, déjà à l'intérieur, sortant d'on ne sait où, apparut dans le couloir en hurlant :

« Non, non, ça suffit, c'est pas le *Titanic* ici ! »

D'autorité, il ferma la fenêtre, et je vis ma mère sous l'orage, effarée en haut de l'échelle, frapper au carreau. Roger parla à l'homme qui ne voulut rien savoir. Non, c'est non. Ça bardait. Le gros s'apprêtait à partir quand un enfant de 10 ans lui sauta dessus et le roua de coups en criant. Mon père essaya de m'arrêter. Je frappais, les lunettes du gros tombèrent. Je lui donnais des coups de pied. J'étais ivre de rage. Les éclairs inondaient les fenêtres. Un moment grandiose. L'homme du comité battit en retraite après avoir ramassé ses lunettes et ma mère trempée, à qui une âme charitable avait ouvert la fenêtre, put sauter dans le couloir. J'étais hors de moi. Je n'arrivais pas à me calmer. Les types déjà là, qui avaient assisté à la scène en s'essuyant les cheveux avec des serviettes du bain-douche, rigolards, s'approchèrent pour me serrer la main. Je me retournai. Je ne voulais voir personne. Ma mère murmura en caressant ma joue :

« Je vais bien. »

Et je fondis en larmes.

Oui, elle allait bien.

Si bien qu'elle entra à l'hôpital où j'avais fait le séjour macaroni. Transi d'inquiétude, j'allai la visiter et, face à son lit, je restai yeux baissés. À la moindre question, je hochais la tête.

« Tu n'as plus de langue, me disait-elle, non ? »

Ces ombres familières dans notre maison, parlant à voix basse, je les avais entendues. « Long traitement. » « Ça sera difficile. » « On va devoir s'arranger. » Le grand mystère. Il ne faut pas que les petits sachent.

« Va vite attendre dehors, dirent les infirmières en ouvrant la porte, on vient faire les soins. »

Du couloir, vue sur le jardin, les tilleuls, le carillon, les bancs où stagnent les pensionnaires en pyjama et leurs familles. Et puis ce type torve, qui sort d'une chambre plus loin, qui s'approche. Il attend comme moi.

« Tu attends ? dit-il.

— Oui.

— C'est qui, là ?

— Ma mère.

— Ah ? Et qu'est-ce qu'elle a, ta mère ? »

Silence. Il reprend et me touche la tête, je m'écarte.

« Tu es sourd ?

— Ça vous regarde ?

— Tu es mal élevé ! »

Et il s'approche encore de moi, prêt à me secouer. C'est le moment où les infirmières ouvrent la porte. L'une dit :

« Il se passe quelque chose, ici ? Monsieur, éloignez-vous.

— Je n'ai jamais vu un petit merdeux aussi mal élevé ! » tonne l'homme en me montrant.

Je le toise.

« Gros con !

— Vous avez entendu ? » triomphe-t-il.

Ma mère m'appelle, j'entends sa voix. Je reviens dans la chambre et referme la porte.

« Qu'est-ce que tu as encore fait ?

— Rien, rien. »

Dans ses yeux noirs, je lis : Mais qu'est-ce que tu vas devenir, mon pauvre enfant ? Toujours en guerre. Je la regarde par en dessous. Elle est allongée, je voudrais qu'elle se lève, qu'on s'en aille d'ici, qu'elle fasse un effort. Allez, lève-toi, s'il te plaît, lève-toi. Je la verrai désormais souvent allongée. Enfuies les si longues journées d'hiver dans la minuscule pièce où nous vivions, où je venais m'asseoir sur ses genoux et posais ma tête dans son cou. Devant l'unique fenêtre étroite qui regardait au nord sous le calendrier des Postes : « Le Déjeuner des canotiers ». Renoir, sa merveilleuse lumière. Ici, le ciel est gris, les vitres frémissent sous la rafale incessante de la tramontane. Et ma mère chantonne aussi. Une chose de Charles Trenet. Comme souvent. Une chanson douce. Il me semblait alors que rien de grave ne pourrait jamais arriver, et là, dans cette chambre d'hôpital, je me hais. J'ai grandi. Je vois s'accumuler en strates la laideur du monde, je vois ma mère aux joues creusées et je nous sais battus. J'en tremble d'angoisse. Pauvres et battus.

« C'est l'heure, dit-elle.

— Bon d'accord, j'y vais.

— Vas-y. »

Je repars à pied, seul, vers la maison des grands-parents. Je marche. Bien plus loin, je longe le boulevard.

Sur le chantier, Roger est occupé à monter des murs de brique. S'il accélère, s'il termine son œuvre à temps, elle guérira…

« Eh, papa ! »

Je veux juste lui dire bonjour. « Bravo papa, tu travailles comme un lion, quand tu auras tout bien fini, maman viendra ici et elle ira mieux, dans sa villa, elle va guérir, c'est sûr. Vas-y, fous-en un coup ! » Il ne m'a pas entendu. Il me tourne le dos, il s'occupe de ses briques. Papa ! J'hésite à l'interpeller encore. Je laisse tomber, je poursuis mon chemin.

Plume a « emprunté » chez une copine un petit flacon d'eau de Lourdes. De la bénite qui fait du bien.

« Le flacon coûte un prix fou, a dit la copine. Si ma mère s'aperçoit que je te l'ai donnée, elle va me foutre une raclée.

— T'as qu'à mettre de la fausse, rétorque Plume, du robinet. »

Et ce soir, ma cousine chuchote à Virginie :

« On en asperge la personne et hop, Dieu te sauve. Bien, non ?

— Ah oui, bien bien. Mon Dieu… Même si c'est de l'eau volée ?

— Oui, quand même, Dieu s'en fout. Il en a plein. »

Cet après-midi, je fais des tours de vélo devant la maison. C'est un grand et vieux vélo de femme aux roues à moitié dégonflées. Je n'arrive pas à poser mes fesses sur la selle trop haute. Je pédale en danseuse. Au bout du chemin de terre, une silhouette élégante vient, que je ne reconnais pas d'abord. Je suis troublé. C'est elle. Et puis, en me déhanchant sur le vélo, je roule dans sa direction, 400 mètres à parcourir. Elle revient par le train d'une séance de soins à Montpellier. « Chimio. » Elle a maigri. Elle porte une chemise à gros motifs blancs et bleus et une jupe blanche. Ses cheveux sont tirés en arrière, retenus par un peigne. Elle a ses lunettes de soleil et un sac en cuir noir. Elle est gracieuse. Elle m'intimide. Je feins de ne pas la reconnaître, si bien qu'arrivé à sa hauteur, je m'arrête.

« Eh bien ? dit-elle, tu ne me reconnais pas ou tu ne veux pas me reconnaître ? »

Je la regarde. Elle s'est arrêtée, elle aussi. Elle ne dit pas un mot. Elle retire ses lunettes noires. Un foulard bariolé, léger, pend à son cou. Elle joint ses mains devant sa jupe et tient l'anse de son sac. Dans ses yeux fatigués passe un souffle de malice. Ma mère est là. Allez, on rentre.

Eugénie a rejoint Raoul dans le tombeau familial.

Roger et le petit oiseau « font » encore quelques pays. L'élan n'y est plus. Tout lasse. L'Italie ? « La cuisine traditionnelle a changé, on mange moins bien. Beaucoup moins. Et c'est devenu cher… » Mes enfants sont grands maintenant. Ils aiment voir ce grand-père qui a un accent si différent du leur. Plein de pierres roulées. Qu'ils imitent. Ils chahutent avec lui, le prennent dans leurs bras. Lui cachent ses sandales. Il aime être malmené par eux. Il rit comme jamais je ne l'ai vu rire. Sur les photos dans la boîte à chaussures aussi, il riait.

« Tu vois, me dit-il, j'aime rire. »

Je ne réponds pas. Pour ses 80 ans, il invitera une grande tablée dans un étoilé au cœur des Corbières. Il n'y a plus que des « jeunes » autour de lui. Mes copains d'enfance sont là, qu'il a fini par aimer. Et ses petits-enfants, bien sûr. Quand le serveur annonce la nage de betteraves au tourteau de pigeon accompagnée de, etc., il sourit. Et s'exclame dans la langue d'ici, pour sa petite-fille qui ne comprend pas :

« Moi, j'aurais préféré la bouillabaisse, c'est bon la bouillabaisse. Tu as vu ? On n'a rien à manger, ce sont des portions d'oiseaux. »

Il m'a demandé de choisir un vin et j'ai commandé celui qu'il aime. Je le prends en photo avec les enfants. Le petit oiseau rit de bon cœur, je lui serre la main, elle est émue. Elle est si rabougrie. Lui chausse ses lunettes et, se découvrant dans l'image, il murmure :

« Quel désastre. »

Ça l'amuse.

« Tu as une belle famille, ajoute-t-il. Tu te souviens ? Nous, c'était autre chose. Enfin, c'est la vie… »

Je me tais.

Je n'ai rien oublié. De cette vie comme un vieux papier peint que je m'épuise à décoller dans une chambre à rénover, pour qu'entre enfin la lumière. Une chambre où je suis né, où s'éteignit ma mère, par exemple. Papier que je n'en finis plus d'arracher. Comme on m'avait arraché les croûtes du visage pour m'éviter de ressembler à un monstre.

C'est réussi.

« Tu souris, dit-il.

— Oui, tu as raison, nous, c'était autre chose. »

Plus tard, le petit oiseau d'Épernay fut rappelé à Dieu. Et conduite au paradis par de gentils anges. Je me demande si, sur le chemin du Ciel, il y a quelque auberge ou petit restaurant où l'on propose un menu vin compris. Des pizzas, par exemple. Elle aimait ça. Des margaritas. Avec une coupette de champagne. Ça serait chouette. Je veux dire : sympa. Je ne lui ai jamais rendu les 400 francs qu'elle m'avait gentiment donnés en 1970. C'est moche, on ne se refait pas. Un monstre.

Roger est seul désormais.

Il va retrouver les réflexes des Bataillé. Tenir est le premier commandement. Il tient. Il m'épate. *L'Ensouleiado* n'a pas changé depuis 1960. Mêmes volets bleus. Le quartier s'est modernisé. Devant chez lui, le boulevard prend des allures de périphérique. Je lui suggère de relever les murs. Il refuse. Ses voisins l'aiment. Il a assez d'énergie pour faire seul ses courses. Il porte un cabas, un informe blouson marronnasse, une casquette marronnasse. Informe aussi. La panoplie de la plupart de ses copains qu'il croise encore au marché. Ses copains, je veux dire ceux qui restent, équipe réduite donc. Une cousine vient laver ses tricots de peau et ses slips. À 18 heures, il allume la télé. Il va encore à des réunions du Parti, il engueule Fabius quand celui-ci passe par là. Il n'est pas fan de Mitterrand. Il se fout du quart comme du tiers. Il continue à écrire des poèmes. Il se lève à 7 heures. Toujours, il s'est levé à 7 heures. Bon, c'est comme ça… Si je lui demande ce que je peux faire pour lui, il se raidit et dans une sorte de cri répond :

« Rien, je n'ai besoin de rien. »

Il est vieux maintenant, assis dans son fauteuil. Sans se cogner, il trouve le chemin de sa chambre. La réserve de bouteilles, de boîtes de sardines est toujours sous l'escalier, le « petit couteau qui taille » dans le tiroir du bas, la boîte d'allumettes sur l'étagère. Il mange en regardant à la télé les misères du monde. Il mouille son verre de vin d'une large rasade d'eau.

« Tu vois, me dit-il, je n'ai besoin de rien. »

Aujourd'hui, je partage son déjeuner. Qu'il a cuisiné lui-même.

« Alors ? me dit-il. C'est bon ? »

Et je réponds :

« Oui, c'est très bon. »

En vérité, c'est dégueulasse. Il le sait aussi.

« Ah, bien sûr ! Tu es habitué aux 3 étoiles, toi. »

Je l'accompagne au supermarché où il entre, concentré, liste en main, poussant sérieusement le Caddie. Il va dans les rayons qu'il connaît, choisit toujours le même produit. Parfois, il s'attarde sur une promo, fait la moue et repose la boîte de thon « en miettes » sur le présentoir.

« Tu as déjà goûté ça ? » lui dis-je.

Il jette un œil à ma trouvaille.

« Ça ne m'intéresse pas. »

On va à la caisse. Celle du bout. Il n'y a jamais personne. Il connaît la caissière. Elle est gentille. Il pousse lui-même le chariot. Dans le panier devant lui, il a posé son sac, sorte de baise-en-ville marronnasse aussi où il range sa carte de crédit, dans un labyrinthe de pochettes plastique, avec son chéquier, sa carte de groupe sanguin, de vieilles choses inutiles que je reconnais. Si je veux payer, il me bouscule. Non non. Il paye. Il n'était pas grand, il a rétréci.

Sa volonté, seule, reste intacte.

J'habite Londres, maintenant.

Cette fois, il m'accompagnera. Nous prenons l'avion de Carcassonne jusqu'à Stansted Airport. Je l'ai installé au hublot. Je sais que l'on volera au-dessus du Mont-Saint-Michel.

« Regarde, là, en dessous, tu reconnais le Mont-Saint-Michel ?

— Non, je ne vois rien, dit-il, on est trop haut. »

Il préfère surveiller les hôtesses dans la cabine.

Tout à l'heure, il va découvrir ma maison. Et l'Angleterre. Il a emporté une petite valise comme l'on n'en voit plus nulle part depuis 1962. Et le baise-en-ville marronnasse. Dans les couloirs de l'aéroport, il avance de son pas chaloupé, valise à la main, il suit le mouvement, ça va vite mais il suit. Nous irons voir Big Ben, bien sûr.

Il sortira de son blouson un vieil appareil photo en plastique et insistera pour que je le photographie devant l'horloge.

« C'est pour ma voisine, dit-il, c'est son appareil photo. »

Puis bateau sur la rivière. Il fait gris et doux. Au Borough Market, il mange un de ces sandwichs mous dont les Britons ont le secret. Il goûte la bière locale. Il suit. Je crois qu'il est content d'être avec ses petits-enfants qui parlent parfaitement la langue de l'ennemi. Il sourit. Il sait que je le surveille du coin de l'œil. Il ne demande pas à quelle heure on mange. Il regarde, à droite, à gauche. Il trouve que j'ai une femme extraordinaire.

« Bien mieux que toi », ajoute-t-il.

Je lui réponds que je suis d'accord. Reste une photo de lui où il porte mon imperméable et un chapeau.

Ainsi accoutré, c'est l'ours Paddington.

Au bar à huîtres de Harrods, il goûte les *rock oysters*.

Je lui rappelle que, lorsque nous vivions à Belle Isle, le dimanche soir, il rentrait avec des huîtres.

« Oui, tu te souviens de ça ? » dit-il.

Il regarde la salle à la décoration extravagante, cette idée du luxe triomphant pour marchands anglais. Ces Anglais qui épatent tant le gogo français. Il sait que c'est fini pour lui, le monde, les batailles. Il est venu à

Londres. Bon. Ce soir, je l'emmènerai au théâtre. Nous verrons *Le Roi Lion*. Mais oui. C'est une comédie musicale célèbre. On se fout de n'y rien comprendre. En sortant du spectacle, nous dînons au Wolseley, cantine de Lucian Freud. Le maître est là. Au centre. Lucian a sa tête de vieux renard à qui on ne la fait pas. Mon père, sa tête de vieux boxeur cabossé toujours prêt à faire le coup de poing.

Le chef de rang est français, des Corbières.

Éric lui parle en patois.

Roger est content. Les serveurs anglais viennent le saluer en français. Il s'amuse. Lucian lui sourit. Nous rentrons en taxi.

« On croirait des carrosses, dit-il.

— La reine les prend tout le temps pour aller au Bricomarché.

— Alors je peux les prendre aussi », ajoute-t-il en rougissant de sa blague.

C'est un bon moment.

Plus tard, à l'aéroport, je le confie, comme l'on confie un enfant, à des Français de Carcassonne à qui je recommande :

« S'il fait le zouave, vous lui en foutez une ! »

Là, il rigole. Au revoir. Au revoir.

« Tu as aimé venir ici ?

— Mais oui ! Quelle idée tu as de moi, ça me désole. »

Je ne sais pas parler avec lui.

C'est ainsi.

Trop de silences ont sédimenté entre nous.

Parler. De quoi ? De nous ? Des tempêtes que nous avons traversées, qui nous ont faits tels que nous sommes.

« Quelles tempêtes ? murmura-t-il en fronçant les sourcils. Ah ! La vie... Tu aurais su faire autrement, toi qui es si malin, c'est ce que tu veux dire ? »

Moi qui suis si malin. Où veut-il en venir ? Paris ? Londres ? Où j'ai posé mon sac, la pire des escales pour lui. Il aime le pays d'où il vient, sa langue, ses façons d'être, la mer...

« Ce n'était pas assez pour toi... Ça l'était pour moi. Toi, on s'en est vite aperçu, tu n'es pas né dans le bon berceau.

— Oui, dis-je, je suis le vrai fils volé du roi du Pérou, tu m'as acheté à une gitane de passage.

— Pas cher, dit-il.

— Combien ? »

Il sourit.

« Non, physiquement, tu me ressembles trop, conclut-il. Même si on a pensé à te rendre cent fois, et puis la gitane était introuvable.

— Je n'ai pas ton caractère, papa. Il se pourrait que j'aie hérité de celui de ma mère.

— Elle était drôle, ta mère, dit-il encore. Elle riait tout le temps, de tout. D'elle-même encore plus. »

Il gobe une huître. Il est ému.

Nous sommes à Londres, chez Harrods, à l'Oyster Bar, parmi les Brits aux costards Savile Row Tailoring. À des millions d'années-lumière de sa planète.

« Essaie avec le vinaigre, dis-je.

— Sur l'huître ? Du vinaigre sur l'huître ? »

Il rit.

« Mais non. C'est n'importe quoi ! »

Aurais-je dû le prendre par l'épaule pour lui témoigner mon affection ? Il en aurait rosi. Embarrassé. Et, très vite, nous serions passés à autre chose. Étaient-ce les mots de Raoul, lui barrant la route enchantée « des études », qui l'avaient, à 12 ans, cloué comme un hibou à la porte d'une grange imaginaire ? Ou, plus tard, les heures de réunion enfumées, à « échanger » avec les héros du populo, espagnols, damnés de la terre, qui tapissèrent son cœur du saint bréviaire de la lutte des classes ? Eh bien ? Il n'était pas différent du reste du genre humain : il lui fallait une dignité. Lui aussi.

Il est entré à l'hôpital.

Il en est ressorti.

Il y est à nouveau entré. Et ainsi de suite.

Je viens le voir, « d'un coup d'avion », dit-il. Tout lui semble si facile, pour moi. On lui a donné une chambre individuelle.

« C'est bien, non ? dis-je.

— Oh oui, très bien, mais je ne parle avec personne. Quand je partage avec un autre, même si c'est un abruti au front bas, et qui ronfle, ça fait de l'animation. »

D'ici, vue sur rien, un terrain vague miteux comme le Sud en a l'exclusivité dès qu'il s'agit de détruire une pinède afin d'y installer un parking à lampadaires au dessin ignoble. Il se sent protégé. Il plaisante avec les infirmières.

« Vous savez, il est drôle, votre père. Il nous fait tellement rire. Des comme lui, on en voudrait tous les jours. »

Il m'apprend que notre cousine, qui m'avait accueilli à la mer à l'horrible été de mes 12 ans, est dans le carré « des palliatifs ».

« Je n'irai pas la voir, ajoute-t-il en marquant un temps, tant de misères, ah non. Ta mère et elle étaient si amies. C'était une très belle fille. Elles avaient 20 ans, au bord de la rivière, quelle joie ! Je chantais, tu sais, quand j'y pense, j'y suis encore…

— Du Tino, dis-je en souriant.

— Oui, du Tino, ne te moque pas. »

Je ne me moque pas.

Plus tard, il ira dans les différents hôpitaux de la région. Ici ou là. Cette fois, c'est avec un pansement au front. Un tube entrant dans le cou sous une gaze, une autre fois.

« Ça change », dit-il.

Un coup le cul, un coup la tête, un coup le cœur. Je lui apporte des albums photos. Eugénie, Raoul, sa sœur

Marie-Jeanne. L'oncle Paul. Il est embarrassé par les photos de Renée lorsqu'elle avait 17 ans. Il se souvient. Il répète :

« La première fois que je l'ai vue, sur le pas de sa porte, elle repeignait ses chaussures de toile au blanc d'Espagne. Je lui ai dit : “Bonjour Renée, vous vous préparez à aller au bal ?” Elle a souri. Elle ne m'a pas répondu. Ta mère, celle qui allait devenir ta mère. Et l'embarras de ta grand-mère Eugénie, quand je lui ai annoncé que j'avais dansé avec Renée Ancely : “Renée Ancely ! Mais tu n'y penses pas ! Ça n'est pas des gens pour nous !” »

Par où entre et s'installe l'harassante lutte des classes ?

Par ce « N'y pense pas ». Humilié, Roger ? Plutôt attendri par sa mère. Quelle tête folle à vouloir sortir de ta condition, allons, « ça » ne se fait pas. Tu te prends pour le roi du Pérou ou quoi ? Tout se mélange. Il ouvre un tiroir de sa table de nuit où je vois quelques gâteaux industriels.

« Tu veux une madeleine ?

— Non merci, garde-les pour toi. »

Je l'agace. Alors il me congédie.

« Tu peux y aller si tu veux, merci d'être venu, je n'ai pas besoin de toi, tout va bien. »

Quand je le quitte, j'ai l'impression qu'il est soulagé. Je ne suis pas un bon fils. Comment être un bon fils ? Marcher de guingois avec les sabots de son père ? Je l'ai déçu, je le sais. Parfois, au cours d'une autre visite, je deviens l'ennemi de classe. Il me désigne.

« Toutes ces cartes de crédit dans ta poche. Tu as tout ça ? Pour quoi faire ? »

Je m'en accommode. Quand je repars vers ma vie, à cran, rincé, je m'agace à mon tour, je n'ai pas été gentil, cette fois encore. Il aime la bagarre et, avec lui, non non, pas d'histoire, je préfère l'esquive. C'est ça ? Ou alors…

Pourtant, je l'ai emmené renifler l'air de son enfance vers le chemin de la Condamine. J'ai suivi le pèlerinage dans les roseaux du bord de la rivière où il pêchait avec son père. Je l'ai écouté. Ça n'était pas assez. Avec lui, j'ai cherché dans les collines de Saint-Pierre-la-Mer et j'ai retrouvé, je crois, la cabane des premiers jours de ma vie, celle qu'il avait construite. Où j'avais été si heureux. Amélioré, le cabanon. Je veux dire pourri au goût du temps par ses nouveaux propriétaires.

« Mmm… Je ne crois pas que ça soit celle-là, rentrons », fut son seul commentaire.

Voulais-je retrouver un jeune homme comme le jeune homme que j'étais devenu et lui, voulait-il se souvenir du jeune homme qu'il avait été, si différent de celui qu'il avait là, son fils devant lui ? Comment faire ? Où est le bon passage sur la ligne de crête ? On ne sort pas en marche arrière de ce genre d'affaire.

Là, il accepte son sort, scotché à son lit d'hôpital.

Dans la posture des Bataillé. Se taire. Ne pas se plaindre. Survivre.

« Comment est la maison ? s'informe-t-il.

— Bien, papa, bien. »

Il hoche la tête. Il n'a pas confiance en moi. Il a raison. Je ne pourrai aimer cette maison. Jamais. Il l'a construite pour elle. Sa femme qui n'y a jamais vécu. Je l'ai dit, chaque jour, dimanche compris, tard le soir, il a monté des briques. J'ai participé à ça. Je l'aidais. Mal.

Et ses amis ouvriers, endimanchés, escortés d'épouses et enfants, passaient sur le boulevard et lui lançaient :

« Arrête ! Si tu travailles le dimanche, tu iras griller en enfer. »

Alors il venait saluer, oubliant sa truelle dans le ciment. J'étais là, la mine éteinte, cul posé sur un tas de sable, à laisser couler sans fin les grains entre mes doigts. Cette sensation précoce d'une vie absurde. Parfois Renée venait. Elle s'asseyait sur une brique. Elle aussi venait voir sa maison sortir de terre. Elle nouait un foulard dans ses cheveux. Il lui restait un an à vivre. Je la regardais. Je lui en voulais d'être malade.

« Oooh toi ! Viens là, tu as quelque chose à me dire ? » souriait-elle.

Je m'éloignais, encore plus grognon que d'habitude. Moi, je le savais, je voulais une vie luxueuse : pension complète, petit déjeuner, beurre ET confiture. Comme je l'avais vu dans un journal où le reportage parlait de la Costa Brava, de Sitges, « petite station balnéaire prisée des peintres ». Ça oui, ça m'aurait plu : la serveuse me parlerait espagnol, passerait sa main dans mes cheveux. Me demanderait si j'avais nagé le matin. Si *« el agua estaba salada »*. Et plus tard, très vite, le plus vite possible s'il vous plaît, je m'installerais sur le paseo, avec un chevalet, un petit pliant, des tubes de couleurs, et je peindrais les palmiers. L'alignement. Des gens voudraient mes tableaux. Je deviendrais peintre, riche, plus que Picasso. Parfaitement. Des grands professeurs du cancer me diraient « Ne vous inquiétez pas, grâce à tous vos sous, votre mère ne va pas mourir, on s'en occupe. Oh ! c'est vous qui faites ces palmiers ? C'est joli ! Ça doit valoir des millions. Tout ça. »

Assez des pauvres, je vous dis, assez.

Ma mère m'a repéré, caché derrière un mur.

À quoi tu penses ? Je suis resté muet.

Quand ai-je su que je ne sauverais personne ? Ni elle, ni plus tard ma sœur. Sans doute ce jour où, en classe de sport, tandis que les autres élèves braillaient après le ballon, je suis resté posé là, sur le bord du terrain où j'ai vu, devant moi, la suite des barres d'immeubles, les terrains vagues, les parkings. L'absurdité de ma vie de rien me glaçait. J'écoutais la musique du vent froid soufflant sans faiblir de novembre à avril. La tramontane qui envoyait le ballon par-dessus la clôture où il disparaissait à jamais. Et ma mère venait de mourir. Je devrais m'y faire.

« Rends-moi un service, dit-il un matin. Va à la maison des vieux, reviens me dire comment c'est. Je n'ai plus la force de vivre seul. Je me déglingue. Va et dis-moi tout, s'il te plaît. Toi, tu garderas la maison pour quand tu viendras, pas vrai ? Elle est bien… Je sais que tu ne l'aimes pas beaucoup. Il y a un peu de travaux mais je paierai. »

De retour, je lui expliquai qu'en poussant la porte de la maison des vieux, j'avais été saisi par l'odeur de pisse. Et que tous ces demi-humains échoués dans leur fauteuil, à dormir devant une télévision allumée, m'avaient serré le cœur. Il avait souri :

« Je ne fais pas ma valise pour aller au festival de Cannes. Comme toi. »

C'était cruel. Ne me demandez pas cruel pour qui.

Il y eut aussi ce soir où nous dînions ensemble. Où j'ai dû lâcher une méchanceté. J'ai oublié laquelle. Ou rien. Un silence de trop. Un manquement. Il a posé sa fourchette, croisé ses mains dures au-dessus de son assiette et d'une voix calme, presque tranquille, m'a dit :

« Mais qu'est-ce que je t'ai fait ? Écoute, si je t'ai fait quelque chose, du mal… »

Puis il s'est tu.

Jamais je ne me suis senti aussi poisseux de ma vie.

Il avait atteint un grand âge.

Alors il entra à la maison des vieux.

Il y devint « une figure ».

Il consolait les malheureux.

Les dingues. Les désossés. Les autres. Il parlait avec un plaisir non feint la langue d'oc. Celle de son enfance, celle des plaines où dansent les carignans dans la brise, des étangs aux anguilles, des collines des Corbières. Sa langue maternelle. Il connaissait tous ceux de « sa classe » échoués ici. Les 80 ans aussi. Avant 70, disait-il, personne, ce sont des inconnus. Nous n'avons pas eu les mêmes batailles. Il s'amusait de voir les impatients demander l'heure dès qu'ils sentaient l'odeur de soupe monter des cuisines. Aucun de ceux-là n'avait été un jeune communiste amateur de lendemains qui chantent. Il l'avait été. Aucun de ceux-là n'avait chanté du Tino au bord de la rivière. Aucun de ceux-là. Aucun de ceux-là n'avait écrit « dans le journal » de longs poèmes dans la langue du Sud, à la gloire des camarades. Des ouvriers. Ses frères. Qui n'existaient plus aujourd'hui, tôt disparus comme il convient aux prolétaires. Il était arrivé au bout du chemin. Il souriait.

Ainsi tout était perdu maintenant, fini, accompli, absurde.

Dans l'ordre des choses.

Tous les siens étaient morts sauf un, qui ne lui ressemblait pas, ou trop, un qui allait l'oublier très vite, car dès l'enfance, celui-là avait bien signalé qu'il avait mieux à faire.

Composition et mise en pages
Nord Compo à Villeneuve-d'Ascq

Pour plus d'information :

www.lisez.com

Imprimé sur du papier issu de forêts gérées durablement.

Achevé d'imprimer par
Normandie Roto Impression s.a.s.
61250 Lonrai (Orne)
N° d'imprimeur : 2301902

Imprimé en France